Vert

DE LA MISÈRE.

DE LA MISÈRE.

DISCOURS

PRONONCÉ

PAR LE PRÉSIDENT DE LA SOCIÉTÉ ROYALE

D'ÉMULATION D'ABBEVILLE,

DANS LA SÉANCE DU 16 NOVEMBRE 1838.

ABBEVILLE,

IMPRIMERIE DE C. PAILLART.

1839.

SOCIÉTÉ ROYALE

D'ÉMULATION.

DE LA MISÈRE.

Discours prononcé par le Président de la Société Royale d'Émulation, dans la séance du 16 novembre 1838.

Déterminer où commence et finit la misère, rechercher les causes qui la produisent, par quels signes elle se manifeste, à quelles preuves on la reconnaît, telles sont les questions qui vont nous occuper : questions compliquées, difficiles, d'une grande portée, et dont la solution raisonnée exigerait une vie d'études et une autre de réflexions. C'est donc moins une œuvre qu'un aperçu que nous allons présenter.

Pour nous entendre sur la signification, non du mot, mais du fait, et pouvoir, en montrant le mal, indiquer aussi le remède, nous commencerons par une remarque qui n'est point étrangère au sujet, ou plutôt qui en fait le principe et le fond.

Ce qui produit la misère ce sont les besoins ; celui qui n'en aurait pas ne pourrait être pauvre ; celui chez

qui ils seraient invariablement satisfaits ; ne pourrait
l'être davantage : la pauvreté naît donc des besoins
d'une part, et de l'autre de la nécessité de les prévenir
ou de les contenter.

Mais pourquoi cette nécessité ? Pourquoi l'homme
est-il sujet à la pauvreté et soumis aux besoins ? Le
principe qui lui a donné l'existence ne devrait-il pas la
lui conserver ? Pourquoi, sans ces soucis d'avenir, ne
pourrait-il continuer à vivre ? Qu'il cesse un instant de
songer au lendemain, qu'il oublie d'y pourvoir, qu'un
jour seulement il ne le puisse pas, et il est mort. Il
semble qu'il y ait en cela imperfection dans sa nature
et contradiction dans l'œuvre du créateur. Ou il ne
fallait pas laisser de besoins à l'être, ou il fallait, en
les lui imposant, lui assurer les moyens d'y suffire. La
vie sans la facilité de la conserver n'est qu'un leurre, et
la faim qui engendre la misère, la faim qui tue, est un
mal sans contre-poids, un fléau comme la peste.

Répondons à ceci ; voyons si la misère ou la faim dont
elle sort n'est pas une des conditions du développement
de l'être, et s'il serait utile que chacun trouvât sa nourriture sans la chercher, ou qu'on pût se passer de
nourriture.

Dans nos pays d'Europe, personne ne meurt de soif
parce que tout le monde peut boire de l'eau et qu'il y
en a partout. De même personne ne mourrait de faim
si chacun avait sous ses pas une substance propre à la
vie, qui fût du goût de tout le monde. Mais cette substance ne se rencontre nulle part. Si l'homme s'abreuve
d'un des élémens de la nature morte, il ne peut se
nourrir que de la nature animée, c'est-à-dire de ce qui
vit ou a vécu. Il est donc dans l'obligation de se le
procurer, et pour cela de l'acquérir ou de le faire
naître. Il est tenu par conséquent à un travail, à une
combinaison, à une peine. Or, ceci est-il un bien ou
un mal ? — C'est un bien, sans contredit. Si les besoins

ne font pas la vie; ce sont eux qui maintiennent son
action. Si l'homme n'avait pas de besoins, ou s'ils
étaient satisfaits sans fatigue et toujours avec certitude,
l'homme n'agirait pas; plongé dans une torpeur con-
tinuelle, il ne penserait même point. C'est la nécessité
qui éveille la douleur; c'est la douleur qui produit la
pensée et la pensée qui amène la volonté. De la volonté
naît l'œuvre. L'obligation d'obtenir sa nourriture est
ainsi la cause première de l'activité des êtres et le
mobile des trois quarts des actes de leur vie.

Mais la faim seule en les éveillant suffirait-elle pour
les tenir éveillés? Non, sans le souvenir d'où surgit
la prévoyance, aussitôt que le besoin cesserait, l'homme
s'assoupirait de nouveau, et comme certains animaux
du dernier ordre, il demeurerait pendant des jours et des
mois, semblable à une masse insensible, dans un état
d'inertie complète. Il faut donc qu'il y ait une cause
acerbe qui le force à agir, même lorsqu'il est rassasié,
et que, la faim étant calmée, il reste une crainte, qu'il
naisse d'autres désirs, enfin qu'une nouvelle douleur
s'éveille. C'est ce qui a lieu.

La misère ne consiste pas seulement dans le manque
de ce qu'il faut pour vivre, elle est aussi dans l'absence
de ce qu'il faut pour être heureux; et comme chacun
l'est à sa manière, comme le désir n'a pas plus de
bornes que l'imagination, et l'imagination pas plus que
l'espace, il est assez difficile de dire où commence et
où finit la misère.

Nous ferons observer qu'il ne faut pas toujours la
confondre avec la pauvreté; c'est chose sans doute
fort ressemblante mais non entièrement identique. La
pauvreté est un accident; la misère est une position.
On subit la pauvreté, on crée la misère, qui toujours
est la suite d'une volonté ou plutôt d'un défaut de
volonté et de conduite, comme nous l'expliquerons
bientôt.

C'est la pauvreté qui précède la misère. La misère est la pauvreté établie, organisée, reconnue, adoptée. On cache sa pauvreté, on étale sa misère. Le pauvre se relève souvent et devient riche. Celui qui est arrivé à la misère, non-seulement y reste, mais il la communique et l'étend. Voilà pourquoi il y a beaucoup plus de misérables que de pauvres. Ce que je viens de dire de la misère individuelle peut s'appliquer à celle des peuples.

Si nous voulions analyser la misère, nous dirions qu'il y en a autant que de caractères, que de besoins et même que de caprices. Les fantaisies la produisent comme la nécessité, et la misère réelle n'est pas la plus poignante, la plus maligne, la plus difficile à guérir. On est toujours pauvre quand on veut ce qu'on n'a pas; on est toujours misérable quand on ne peut l'avoir. Il est un terme où le besoin s'arrête; mais il n'en est pas pour la fantaisie; rien ne peut en limiter l'avidité ou les écarts. Tel peuple, pour avoir une robe, vend son bouclier et prend sur sa substance la plume de son chapeau.

Les besoins créés peuvent ainsi produire la misère comme les besoins effectifs; ils peuvent rendre aussi pauvre, peut-être plus. La misère est donc l'absence de ce qui est indispensable ou de ce qui tient aux besoins de chacun. Mais la nature et la mesure de ces besoins ou de ces caprices varient selon le lieu, le temps et l'individu. Il en résulte que la misère est relative; et que deux hommes dans une position semblable ne sont pas également misérables, ou même que l'un peut être pauvre et l'autre ne l'être pas.

Nous examinerons ailleurs cette question de la misère comparative; nous tâcherons d'en peser les degrés et d'en faire ressortir les nuances, en distinguant ce qui appartient à la réalité ou à l'imagination, au préjugé, ou à la position. Mais si nous considérons ici les besoins du luxe comme une exception, si nous envisageons la misère d'une manière absolue et où on la voit ordinairement, c'est-à-dire dans les besoins corporels, le vêtement, le logis, le boire, le manger, en la résumant même dans cette dernière nécessité, le pain, puisque, c'est le manque de pain qui chez nous la représente le plus positivement, eh! bien, sans sortir de ce cercle matériel, de cette misère animale, il est jusque dans l'inanition et aussi dans l'abondance ou la réplétion, un aiguillon d'avenir qui fait qu'après avoir mangé aujourd'hui on songe qu'il faut manger demain, qui fait encore qu'on veut manger demain mieux qu'aujourd'hui, et que le but ou la nature du besoin se modifie, change et s'étend à mesure qu'on y pourvoit. Ainsi, dans la faim seule avec sa prévoyance, on peut trouver la source, le développement et les degrés de tous les désirs et de toutes les ambitions.

Et remarquez que la puissance des êtres et leur intelligence peut croître avec la force de leurs besoins, parce que la volonté d'y subvenir est toujours proportionnée à leur énergie. Ainsi avec le courage et la raison ou encore le désir et la persévérance, l'être se mettra à la hauteur, non-seulement de ce qui lui est nécessaire, mais de ce qui lui est agréable.

Sans cette possibilité et ce calcul, l'insouciance étouf-ferait le caprice comme le besoin. C'est cette absence de désir ou de crainte qui, produisant le manque de prévoyance, fait la misère réelle et crée les pauvres dans tous les pays.

La peur de la misère est ce qui détruit la misère, et cette crainte ne peut venir que des exemples des maux qu'elle engendre ou de leur prescience. Si la misère est un mal, son absence totale, ou la persuasion qu'elle ne peut exister, ou encore l'oubli de cette possibilité en serait un aussi, car il en résulterait une apathie complète et avec elle la destruction de toute prudence; de tout amour du travail, de tout raisonnement, de tout savoir. Il est donc heureux que les besoins existent, et que l'homme soit tenu d'y pourvoir. Il est heureux aussi que ces besoins se renouvellent et que du plus grossier, de la faim, puissent émaner des désirs, et des nuances qui diversifient les idées, même les volontés : il est utile, enfin, qu'à mesure que le nécessaire abonde, le superflu nous tente.

En vain on dira que si la misère est dans les besoins, où il y en aura moins il y aura moins de misère. En d'autres termes : si les besoins amènent la pauvreté, le goût du superflu, ajoutant aux besoins, doit par conséquent accroître la misère. Répondons à ceci.

Le désir du superflu serait un mal sans doute, s'il précédait celui du nécessaire, et si l'on cherchait l'un avant de s'être assuré l'autre. Il y en a des exemples, mais ils sont exceptionnels. Un homme sans vêtement et mourant de froid ne s'occupe point ordinairement de la couleur de l'étoffe qu'on lui présente, de la finesse de la trame et de la beauté des dessins ; l'habit le plus chaud et le plus à sa portée est à ses yeux le meilleur; il ne choisit pas, car il songe à ne pas mourir et non à se parer. Mais le contraire arrivât-il, et le goût du superflu engendrât-il la pauvreté, elle ne serait qu'éventuelle, le mal serait pour l'individu, non pour l'ensemble. Je m'explique.

Plus l'homme est brut, moins il a de besoins, parce qu'il n'a que ceux de la nature. Les besoins naturels ne sont point nés de la réflexion, ils viennent seuls, et sont l'effet de notre matière, de nos organes, de notre conformation. La soif du superflu, au contraire, est la suite d'une comparaison, d'un calcul. Selon que les besoins sont plus épurés, plus raffinés, l'homme est certainement plus policé, plus instruit. Il ne faut donc pas détruire le goût du superflu, quoiqu'il puisse augmenter la misère, parce qu'il excite en même temps

l'industrie et détermine l'action et la croissance des
facultés intellectuelles.

Le Lazaroni, à Naples, ne désire plus rien quand il a
mangé son plat de macaroni et bu un verre d'eau, et
cela lui coûte 3 sous. Qu'en arrive-t-il? C'est que les
3 sous obtenus et son repas assuré, son esprit ne
s'ingénie pas pour en gagner davantage; il dort jusqu'au
lendemain où la faim le réveille, et il se rendort
lorsqu'elle est passée; aussi, reste-t-il une brute toute sa
vie. Ce Lazaroni est-il pauvre? Non, il a tout ce qu'il
souhaite; ses besoins sont calmés, il ne veut plus rien,
donc, il est riche. Créez-lui un besoin de plus, faites
qu'à son plat de macaroni il veuille ajouter une tranche
de pastèque; s'il n'a pas un sou pour l'acheter il sera
pauvre d'un sou, mais aussi il veillera une heure de
plus pour le gagner, et pendant cette heure il avisera
au moyen d'y parvenir; eh bien, il sera déjà un peu
moins matériel; en trouvant un besoin, il aura ren-
contré une pensée.

Qu'il ait ensuite la fantaisie d'avoir des bas; le voici
pauvre d'une paire de bas; il s'en était passé jusqu'à ce
jour, jamais il n'y avait songé qu'aujourd'hui, il les a
reconnus utiles ou agréables, et cet homme, à qui il
ne manquait rien, est alors réellement misérable. Il
souffre de sa nudité, il en rougit, il ne peut plus vivre
sans bas. Alors, pour en avoir, il en fait, ou il apprend
un état qui lui en procure. De fainéant, le voilà devenu
travailleur, parce qu'il a eu un désir duquel est sorti
un besoin. Or, ce qui, à ses yeux, était du superflu,
est devenu du nécessaire; il est de fait plus pauvre ou
plus nécessiteux qu'il n'était; mais croyez-vous que
ce soit un mal? Non, car il a acquis volonté et intelligence. Il a donc gagné à cette pauvreté, et la société
y a gagné avec lui.

Nous voyons par là que le goût du superflu, celui du
luxe même, en augmentant les chances de misère,

n'en est pourtant point une cause; parce que le besoin
étant éteint, ce goût a éveillé la fantaisie; et que la
fantaisie passée, il a laissé l'activité et le calcul.

J'appelle fantaisie, non la bizarrerie et le vice, mais
la volonté d'un honnête bien-être, d'un superflu licite,
et par cela même utile au développement des facultés
physiques et intellectuelles. L'aisance, n'en doutez pas,
calme les passions féroces, adoucit les mœurs; et en
laissant plus de loisir à la réflexion tend à perfectionner
le raisonnement. Elle contribue aussi à la beauté des
formes, à la vigueur des organes et à leur conservation.

Mais il ne faut pas confondre l'aisance ou le goût du
superflu avec celui de la consommation, avec l'excès.
La consommation prodigue et oublieuse qui dévore tout
immédiatement sans songer au lendemain, n'est jamais
qu'un prélude ou un complément de misère; il importe
peu que celui qui, pouvant bien vivre avec une livre
de viande et en gaspille trois, reçoive dans sa journée
le prix d'une livre ou de trois, puisqu'à la fin du jour
il ne lui en restera pas davantage. Il ne l'ignore point;
et si le Lazaroni travaille seulement pour ne pas mourir
de faim, lui, travaille justement autant qu'il faut pour
faire une débauche. Le goût du superflu au contraire
peut s'allier à celui de l'ordre; il est rarement égoïste,
ou bien il est d'un égoïsme qui croit autrui nécessaire
à ses jouissances; c'est ainsi qu'il s'étend sur ceux qui
l'entourent et qu'il contribue à leur bien-être.

Il est des peuples qui consomment plus que les autres,
soit par l'effet du climat, soit par habitude, préjugé ou
jactance. Il en est qui sont plus portés au raffinement, à
la friandise, et qui préféreront la qualité des objets à
leur abondance, mais qui aussi dans l'occasion sauront
plus aisément s'en priver.

On a remarqué que l'homme du midi, plus délicat
dans l'aisance que celui du nord, est en même temps
plus sobre, plus modéré sur la quantité; il est nourri

et content avec moins de choses. Il s'en suit que l'homme
du midi, avec une fortune égale, est plus riche que
l'autre. Il en résulte encore qu'en donnant moins au
besoin réel, il peut donner plus au besoin factice.
L'homme du midi a aussi, sans que je veuille l'attri-
buer exclusivement à cette cause, l'imagination plus
active; il est plus amateur de jouissances sociales ou
intellectuelles; il boit moins et chante davantage; au
lieu d'aller au cabaret, il va au spectacle. Il est plus
agissant, plus fécond en expédiens; plutôt que l'autre
il s'exposera à un danger inutile, mais plutôt aussi il se
retirera d'un péril effectif. Faites partir du même point un
Russe et un Provençal (1), il est probable que ce dernier
sera capitaliste avant l'autre; et pourtant sans que le
premier ait dépensé moins que le second; seulement
ils auront dépensé autrement, celui-là d'une manière
qui l'abrutit, celui-ci d'une manière qui développe son
imagination en élargissant le cercle de ses désirs et par
conséquent de ses idées. Le Russe ne voudra que beaucoup d'une chose, le Provençal désirera une portion
de dix; ces vingt désirs lui donneront vingt pensées,
lesquelles, s'il a l'esprit d'ordre, seront moins des
sources de misère que des voies de profit.

Nous nous sommes peut-être trop étendu sur cette
nécessité des besoins et sur la différence des besoins
naturels et des besoins créés, c'est-à-dire de ceux qui
tiennent à la matière ou de ceux de l'imagination; mais
cette digression était nécessaire pour l'intelligence de
ce qui va suivre. Maintenant, sans nous y arrêter davantage, nous toucherons le fond du sujet, en examinant

---

(1) Nous parlons ici de l'homme du peuple, de celui qui touche
encore à l'état de nature. Quant aux individus des classes instruites,
ils se ressemblent partout. L'éducation modifie les nuances, surtout quand cette éducation est la même.

successivement les causes de la pauvreté ou du moins celles auxquelles nous l'attribuons.

Les mobiles de la misère peuvent varier selon les pays, les gouvernemens, les mœurs, les préjugés, la religion, bref d'après tout ce qui, directement ou indirectement, agit sur la position de chacun.

Dans les états despotiques où une avanie enlève une fortune, où le fils n'est jamais certain d'hériter du père, la misère est plus générale, plus invariable ; là, on ne travaille pas pour s'enrichir, on ne garde plus pour le lendemain parce qu'on n'est pas sûr d'avoir ce lendemain.

Dans les lieux soumis à la corvée où l'habitant peut se voir, à chaque heure, arraché à sa charrue, à sa moisson, pour être jeté à des travaux sans récompense, là où l'impôt n'est point fixe, où le monopole est partout, où tous les gains tombent dans la main du gouvernant, toutes les pertes, tous les fléaux sur le front du gouverné, la misère doit être à son comble ; et c'est ce qui arrive. En Égypte, où règnent la plupart de ces abus, la faim tue plus sûrement que le glaive, et la population est décimée par un firman. Il en est ainsi dans presque tous les états soumis aux Turcs. Ce n'est point précisément la religion de Mahomet qui est contraire à l'industrie, mais le caractère actuel des Turcs, de même que la politique de leurs voisins est de les y maintenir. Leur croyance au fatalisme est la ruine de toute amélioration ; avec cette foi torpide et sans avenir intellectuel, on ne prévoit rien, on ne répare pas, on n'échappe à aucune douleur, à aucun danger. Si cet axiome *aide-toi, le ciel t'aidera*, nous fait éviter bien des maux, celui-ci *tout est pour le mieux*, nous jette dans tous les précipices.

Après l'Égypte et les provinces turques, le pays rapproché de nous où il y a le plus de misère avec le plus d'élémens de prospérité, c'est l'Espagne. Là, c'est l'ignorance encore qui en est la cause première ; ensuite

la paresse. Malheureusement il est des préventions qui
encouragent l'une et l'autre, et qui en dépit de sa nature, ont inculqué ces deux vices à l'Espagnol. Ami de
la science et du mouvement, il était propre à tous
les progrès; mais une dévotion grossière, mal définie,
mal entendue, plus idolâtre que chrétienne, plus
matérielle que divine, une mauvaise application de
l'utile préjugé nobiliaire, l'oisiveté mise en honneur
par des ordres monastiques non studieux, non travailleurs, non religieux, la richesse des mines acquise et
conservée sans labeur, sans spéculation, sans calcul,
toutes ces causes, en changeant son caractère, ont chez
lui implanté la misère et l'ont si fortement attachée à
son sol, que trois ou quatre révolutions n'ont pu encore
y faire germer un seul bon grain.

A ces plaies il faut ajouter l'interdiction de diverses
professions utiles, le grand nombre de fêtes et de pra-
tiques superflues, qui entraînent une perte de temps
ruineuse pour l'industrie et la morale. Cependant l'au-
rore d'un nouveau jour vient de luire. Otez à l'Espagne
son fanatisme, ses oisifs privilégiés, le reste de ses
colonies; et le travail y fera fuir la pauvreté.

Les mêmes causes qui ont agi sur la Péninsule,
ont, quoique moins fortement, influé sur l'Italie. Il y a
beaucoup de solliciteurs en Italie; il y en a dans toutes
les classes; ils demandent depuis un liard jusqu'à une
principauté. Cependant là, moins qu'ailleurs peut-être,
on rencontre de pauvreté véritable. L'habitant généralement sobre, vit de peu et s'amuse pour rien. S'il ne
travaille pas, c'est qu'il n'a pas besoin de travailler,
qu'il supporte mieux les privations que le labeur et que
ne rien faire est pour lui de première nécessité.

Avec le *far niente*, il jeûnera sans se plaindre. Mendier en Italie est une position, presque un honneur,
et tel mendie par orgueil et par choix; il est gentil-
homme, il dérogerait en travaillant. Est-ce là de la

misère? Non, mais cela y conduit et cette imprévoyance
jette quelquefois l'Italien dans une situation cruelle.
Ordinairement elle dure peu ; un accès d'activité, un
jour de travail, l'abondance du sol, le prix minime des
alimens l'en font sortir. L'Italie forme donc une exception ; c'est le pays de l'Europe où il y a le plus de
paresseux, et ce n'est pas celui où il y a le plus de
pauvres véritables.

L'Angleterre présente le spectacle contraire : c'est là
que l'on spécule le mieux et c'est pourtant là aussi
qu'il y a le plus de malheureux. C'est que l'Angleterre
est divisée en deux camps ennemis : l'un gagne et paie,
et de ce nombre je mets les riches ou les propriétaires,
car dépenser, c'est travailler ; l'autre consomme et tend
la main, non peut-être par paresse, mais parce qu'on
l'empêche de travailler ou qu'on le nourrit sans rien
faire. Il faut donc, par cela même, qu'une bonne moitié
des habitans ne travaille pas, que l'autre moitié travaille
pour elle et pour eux. Aussi l'Angleterre, pays où
l'homme occupé fait le plus et où les machines le se-
condent le mieux, n'est pas cependant celui où l'ouvrier
devient riche, du moins tant qu'il reste Anglais, c'est-à-
dire tant qu'il vit à l'anglaise.

Une des raisons du peu d'aisance de la famille de
l'ouvrier anglais, malgré la persévérance de son travail,
l'adresse et le soin avec lequel il le dirige, c'est qu'il
est gros mangeur et plus grand buveur, qu'il consomme
beaucoup et deux fois plus que l'artisan français.
L'Anglais qui gagne 4 schellings par jour n'est pas plus
riche que le Français qui gagne 2 francs.

Nous avons déjà dit un mot de cet abus de la consommation et nous avons ajouté qu'elle faisait la richesse
ou la misère, selon l'objet sur lequel elle se portait.
Sans revenir sur ceci, nous bornant à citer les faits,
nous remarquerons qu'il en coûte autant pour nourrir
un Anglais que deux Italiens et que trois Arabes ; le

peuple de la terre qui vit de moins, Le climat certainement n'est pas ici sans influence, et l'Arabe mangerait probablement plus en Angleterre qu'en Arabie; mais pourtant l'habitude et l'opinion entrent pour beaucoup dans leur régime. Un Anglais croit qu'il ne peut se bien porter qu'en mangeant le plus possible, un Arabe qu'en mangeant juste ce qu'il faut pour ne pas mourir d'inanition. L'Anglais se fait une affaire de bien manger, l'Arabe n'y voit que la satisfaction d'un besoin. Il résulte de cette différence d'hygiène ou de volonté que l'Arabe vivra dans l'aisance où l'autre mourra de faim.

On doit sentir cependant que la richesse ou la pauvreté qui résulte de la sobriété ou du défaut opposé, est relative et individuelle. Si l'homme sobre est paresseux, il ne sera pas plus riche que l'homme débauché, si ce dernier travaille en proportion de sa dépense. Pour s'enrichir par la sobriété, il faut y joindre l'activité et l'industrie.

La misère des Irlandais tient à des circonstances qui ont été souvent présentées et que nous ne rappellerons pas ici. Leur caractère, je crois, peut ajouter, autant que la fausse politique des gouvernans, à l'affaissement où ils se trouvent. Ensuite l'éloignement des grands propriétaires qui dépensent ailleurs l'aisance qu'ils tirent du sol et de la sueur des habitans, met ces derniers dans une position peut-être plus fâcheuse que n'était celle du serf ou que n'est encore celle de l'esclave qu'un maître dont il est l'avoir et le revenu a intérêt à nourrir.

La Suisse, je parle ici de celle des voyageurs, présente, sinon beaucoup de pauvres et de fainéans, du moins beaucoup de gens qui vivent d'autre chose que d'un travail régulier et qui en vivent mal; mais cela encore n'annonce pas une misère véritable. Si les étrangers n'allaient pas en Suisse, personne n'y serait désœuvré; c'est en détournant les habitans de leurs occupations ordinaires pour être guides, cicérones, serviteurs du

moment; c'est en les empêchant de spéculer sur leurs
métiers et de s'y perfectionner, que les touristes leur
ont fait perdre l'habitude d'un labeur suivi. Le Suisse
n'est d'ailleurs pauvre que chez lui et peut-être ne l'est-
il qu'à l'époque où les étrangers y apparaissent. En
toute autre saison et en tout autre pays, il est laborieux
et il parvient souvent à s'enrichir.

Malgré le gouvernement sans garantie de l'Autriche,
il y a là peu de misère; le sol est bon; la coutume patriar-
cale; la souveraineté sans luxe. Mais ces causes ne
suffiraient pas pour amener l'aisance; la principale
source de bien-être de l'Allemand, c'est que, travailleur
persévérant, il est en même temps prudent, quand il
n'est pas ivrogne.

On rencontre peu de pauvres en Hollande; y a-t-il
moins de misère réelle qu'en France? Il y en a plus,
mais elle n'y paraît pas autant. La France semble faire
parade de ses pauvres; ils sont partout sur la voie publique, ils sont dans toutes les foires, dans tous les
marchés, sur les pas de tous les passans et ils ne sont
que là. Allez où il n'y a ni foire, ni marché, ni voyageur, ni gens qui donnent, il n'y aura plus de pauvres,
ou il y en aura beaucoup moins.

Voici un relevé fait en Italie, de la misère européenne.
Quoiqu'il ne soit pas entièrement d'accord avec ce que
je viens de dire et mes propres calculs, je le rapporterai
ici.

Le nombre des pauvres en Europe, selon l'observateur
italien, est de 10,837,333, c'est-à-dire un vingtième
de la population totale. Il y compte 20 millions d'ouvriers, et sur ces 20 millions, 17 millions d'indigens
qu'il distingue ainsi des pauvres.

A Londres, sur 1,359,000 habitans, il y a 105,000
nécessiteux; à Liverpool, sur 90,000, environ 27,000.
En 1812, on trouvait à Vienne, sur une population
de 270,000 individus, 37,554 pauvres. En 1822, les

justes et sages mesures de l'administration avaient réduit ce chiffre à 20,500; il est moindre encore aujourd'hui.

A la fin du siècle dernier, il y avait à Copenhague, sur 120,000 habitans, 3,400 indigens; il y en a maintenant trois fois plus.

En 1798, on en comptait à Rome 30,000 sur une population de 147,000 âmes. Il en est de même en ce moment, bien que la population soit diminuée.

On évalue à un vingt-cinquième la population indigente de l'Italie.

Vénise présente, sur une masse de 100,000 âmes, près de 70,000 pauvres, c'est-à-dire les deux tiers.

A Amsterdam, sous le régime français, il y avait, sur 217,000 individus, 80,000 pauvres ou indigens; ce nombre est fort réduit.

A Berlin, sur 188,000 âmes, on ne compte que 12,000 nécessiteux.

Dans le canton de Glaris, le quart de la population est dans l'indigence.

Selon un autre calculateur qui n'élève la population de l'Europe qu'à 170 millions, le nombre des pauvres y est de 18 millions; la proportion est en Danemarck de 5 pour 100; en Angleterre, 10 pour 100; en Hollande, 14 pour 100; en France, 5 pour 100; en Russie, 1 pour 100. « On sent, dit le journal où je copie cette note, « combien cela est idéal; en Russie le paysan vit avec » un peu de pain et de légume; en Angleterre il lui » faut de la viande, du thé, du sucre, du rhum. »

Je réponds : ceci ne prouverait rien si le paysan russe qui mange beaucoup, dépense en quantité ce que l'autre paie en qualité; ou si le sucre, le thé, le rhum, ne coûtent pas plus en Angleterre que le pain et les légumes en Russie. Néanmoins l'observation n'en est pas moins juste au fond, et il est évident qu'on ne peut totaliser le nombre des pauvres, non-seulement

en Europe, mais même dans une seule province, car
tel l'est un jour qui ne le sera pas le lendemain ; tel,
encore le sera à nos yeux, qui ne l'est pas aux yeux
d'un autre ni même aux siens. Donc, sans chercher à
discuter ici le plus ou le moins d'exactitude de ces
tableaux, ni à séparer les pauvres des indigens, nous
ne nous arrêterons qu'à la conséquence qu'on peut en
tirer et qui vient à l'appui de ce qui précède ; c'est
qu'en tout pays la nature du gouvernement influe sur
la misère ou la prospérité individuelle, et qu'il est des
lois et des régimes sous lesquels le nombre des pauvres
doit toujours augmenter. Mais ce sont alors des misères
imposées qui proviennent moins de ceux qui en souf-
frent que de ceux qui en profitent, misères qui, souvent
aussi, naissent de la mauvaise application d'une bonne
intention, ou plus souvent encore d'un faux système.
Si l'ignorance a été partout une source de pauvreté, la
fausse science a pu également le devenir.

Les mesures coercitives, quand elles concernent
l'industrie et le bien-être, parussent-elles utiles en
théorie, ont souvent à l'exécution un effet désastreux,
parce qu'elles isolent les intérêts. Chacun se débat
pour son compte contre la gêne qu'on lui impose. Dès
ce moment, point d'union, pas de travaux d'ensemble,
on ne s'associe plus pour défricher, pour planter ou
fabriquer. C'est alors que la population oisive et inquiète, en proie au malaise, s'agitant en tous sens,
paraît surabondante et qu'elle l'est en effet.

Mais ces calamités collectives qui frappent en masse
et rendent toute une nation pauvre et souffrante, de
même que celles qui arrivent à la suite d'un grand dé-
sastre, de la guerre, de l'invasion, de l'incendie, ces
misères accidentelles ou factices, si elles sont les plus
terribles, sont aussi les moins durables. On peut les
comparer aux maladies aiguës qui, lorsqu'elles ne
tuent pas le malade, lui procurent après la convales-

cence, une santé plus robuste. Bientôt gouvernans et
gouvernés en apercevant la cause du mal s'entendent
pour appliquer le remède; il suffit donc d'un jour de
réflexion pour détruire le germe morbide, et la pauvreté
disparaît devant la liberté rendue à chacun.

Il n'en est pas ainsi de la misère qui existe dans cette
liberté, misère qui tient au caractère d'un peuple ou
plus encore à son défaut de caractère, mal qu'on sent,
mais qu'on ne définit pas, misère vraiment funeste en
ce qu'elle est sans cause apparente et qu'elle existe
même où ne règne pas l'arbitraire, où elle n'est pas
imposée. Cette misère est la plus maligne, la plus difficile à traiter. Produite par mille incidens, mille vers
rongeurs, elle tient à l'individu plutôt qu'au sol;
chaque victime, chaque misérable l'est parce qu'il veut
l'être, parce qu'il ne sait pas être riche. C'est une
maladie de langueur à laquelle nul remède ne semble
applicable, et où il n'y a en réalité que des plaies à
sonder, que des vices à écarter, que des préjugés à
détruire.

Telle est la vraie misère, celle que souvent on ne
peut guérir, car un chancre extirpé, il en restera cent
autres, et cent autres que personne ne voit, et par
conséquent auxquels nul ne croit. Le pauvre sent bien
qu'il l'est, mais il attribue son état à toute autre cause
qu'à lui-même, et quand on travaille à sa guérison il se
refuse au remède. « Le remède à la pauvreté, dit-il,
c'est la richesse; donnez-moi de l'or et je ne serai plus
pauvre. » En cela il se trompe, car avec de l'or il
redeviendra pauvre, s'il continue à faire tout ce qu'il
faut pour l'être.

Ce qui éternise la misère, ce qui l'accroît peut-être
plus encore que l'ignorance, c'est cette conviction dans
laquelle vivent beaucoup de prolétaires, qu'ils sont
au monde pour être pauvres et qu'ils resteront pauvres
quoi qu'ils fassent, parce que l'on naît misérable comme

l'on naît aveugle, contrefait, sourd et muet, parce que la pauvreté est un état d'être, un mal incurable, et que souffrir, languir, mourir est leur destinée.

En vain ils verront des exemples du contraire; si leur voisin s'enrichit par son travail et son économie, ils ne seront pas convaincus qu'ils auraient pu faire comme lui : c'est un homme heureux, diront-ils, et ils ne le sont pas; ou il a trouvé un trésor, ou il l'a volé. Ils croiront tout, hors ce qui est ou ce qui doit être, c'est-à-dire que tout homme, quelle que soit sa pauvreté présente, s'il a de la santé, de la persévérance, de la probité, de l'économie, et s'il travaille pendant vingt ans, acquerra immanquablement une aisance quelconque; s'il travaille pendant trente, il aura acquis une fortune. Voilà ce qu'il est essentiel de persuader au peuple; c'est l'espérance et la volonté qu'il faut lui rendre avant tout.

Sans doute les désirs immodérés, l'ambition sans bornes, sont un mal et entraînent à bien des excès; mais l'absence de cette ambition produit peat-être un dommage plus général. C'est surtout parmi les femmes du peuple que cette funeste résignation existe; presque toujours elles arrêteront leur fils ou leur mari voulant sortir de son lit de douleur : «Que vas-tu chercher, lui crieront-elles; tiens-toi tranquille, restons où nous sommes?» C'est-à-dire n'ayons ni pain, ni feu, ni vêtement.

Cette absurde croyance, ce funeste préjugé qui paralyse la volonté, n'existe pas uniquement dans les classes infimes; si le pauvre ne veut rien faire contre le mal qui le ronge, et cela, parce qu'il ne le voit pas, le riche, le philosophe même ne veut pas faire davantage, parce qu'il ne croit pas au remède : «C'est la misère des temps, dira-t-il, c'est le résultat indispensable de la société, de l'agglomération des masses; par la raison qu'il y a des riches, il doit y avoir des pauvres; c'est la loi de l'équilibre, c'est celle de la nature, c'est une nécessité, c'est un effet physique, comme l'ombre à la lumière; il n'y a donc rien à faire, car ce que l'on fera, pourra déplacer le mal, mais non le détruire. »

Tout ceci est erreur. La misère des temps n'est qu'un mot; jamais elle n'est inhérente au sol, et quand elle est causée par un accident, elle cesse avec lui.

Nous venons de le voir : la civilisation ne produit pas la misère, c'est au contraire la misère qui entrave la civilisation, et la misère ne s'étend que parce que la civilisation est arrêtée. S'il y a des riches, ce n'est pas une raison pour qu'il y ait des pauvres, c'est plutôt le contraire, et l'on dirait mieux : il y a des pauvres parce que personne n'est riche et que ceux qui possèdent n'ont absolument que le nécessaire. Ce ne peut donc pas être la loi de la nature; car si elle a fait des êtres, c'est pour qu'ils vivent; et si la misère était imposée aux hommes et même à un seul, ce serait une anomalie, une contradiction avec cette même nature.

C'est une erreur non moins grande de vouloir que les uns soient nés pour être riches et les autres pour être pauvres; le hasard, la naissance ou la conquête a pu distribuer les fortunes, mais c'est l'esprit d'ordre et de réflexion qui les maintient, qui les conserve; et conserver c'est une science, c'est un travail.

Ce qui a pu faire croire que les grandes fortunes amènent les grandes misères, c'est qu'elles les font apercevoir davantage, qu'elles les rendent plus saillantes, plus tranchées par le rapprochement et les contrastes. C'est ainsi qu'une chaumière qui paraît propre et commode au milieu d'un désert, semble une masure hideuse à côté d'un palais. Il en est de même du vêtement, de la nourriture : un individu couvert d'une peau grossière, ne vivant que de racines, couchant sur la terre, paraîtra le plus malheureux des hommes à Londres, à Paris; tandis que dans les forêts du Canada il ne sera que dans la position commune; personne ne le plaindra, parce que tout le monde sera comme lui.

Pour que la grande fortune produisît la grande misère, il faudrait qu'il n'y eût juste qu'une ration pour
chaque individu, et que l'un dût mourir de faim quand
l'autre aurait deux rations; mais il n'en est pas ainsi :
dans l'ordre naturel, il n'y a de portion que celle que
chacun se fait, et l'un peut s'en faire dix et mille sans
qu'il y en ait une de moins pour les autres, parce que
la terre, la mer, l'air, contiennent plus de nourriture,
plus de substance et même de jouissance, qu'il n'en
faut pour tous leurs habitans.

Notre misère et notre richesse sont en nous. L'abondance naît de l'intelligence et non de la localité. Si une
nation est instruite, si elle est calculatrice et économe,
si chacun a en soi force et raisonnement, chacun y sera
à son aise; avec les défauts contraires, tout le monde y
sera pauvre.

L'inégalité des fortunes prouve donc moins l'inégalité
des ressources matérielles et collectives que celle de
l'esprit et du raisonnement, surtout dans nos états
européens; car il est ailleurs de ces positions où la richesse n'est pas plus visible ni même plus possible que
la pauvreté; mais ces positions sont hors de la civilisation, ou ce sont des exceptions dans cette civilisation;
exceptions qui n'appartiennent qu'aux nations, s'il en
existe, où tout est encore indivis, aux nations qui
n'ont qu'une bourse, qu'une table commune.

Chez les sauvages il n'y a pas de riches, il n'y a pas
de pauvres. Vivant au jour le jour, quand la chasse ne
produit pas, quand la pêche n'est pas abondante, si
l'un a faim, tous ont faim; et si un membre de la communauté se gorgeait publiquement de viande tandis que
les autres tombent d'inanition, il serait à l'instant dé-
voré lui-même.

C'est par une cause à peu près semblable que la
grande misère n'existe pas dans certaines hordes isolées.
En Grèce, par exemple, parmi les montagnards, si

quelqu'un a besoin, il va prendre à son voisin. Si ce
voisin veut défendre sa propriété, il s'en suit un combat
à mort, et la misère de tous deux cesse, puisque l'un
est tué et que l'autre en hérite.

Telle est la loi de la nature selon quelques-uns : le
droit de propriété, disent-ils, doit céder devant la
nécessité. Doctrine insensée qui ne peut mener qu'à la
ruine de tous. Mais en écartant même la violence, en
basant le partage ou l'aumône sur l'humanité ou la
charité, ce partage, cet abandon de la propriété est le
plus grand obstacle chez le sauvage comme chez l'homme
civilisé, à son développement moral, à son amélioration et au bien de tous. Quand un individu compte
sur un autre, quand il n'est pas responsable de son
propre avenir, quand il ne se croit pas personnellement
intéressé à être prévoyant et économe, il ne l'est pas.
Il ne le sera pas davantage là où il n'aura pas la certitude
de conserver ce qu'il a, car il n'acquerra pas ou ne
gardera rien.

La grande opulence n'est une cause de misère que
lorsqu'elle absorbe la substance, lorsqu'elle attire à
elle la richesse pour l'enfouir, ou bien lorsque par un
défaut contraire, elle la prodigue au hasard, et qu'au
lieu de payer le travail, elle donne sans condition ou
achète ce qui ne devrait pas l'être. En général le contact de l'opulence n'appauvrit le peuple que là où elle
le démoralise. Comment l'appauvrirait-elle autrement ?
Qu'un homme ait cent mille francs de rentes ou un million, son estomac ne contiendra pas plus qu'un estomac
humain ; il ne mangera que ce qu'un homme peut manger, il n'usera en habits, en maisons, en voitures, en
luxe, que ce qu'un seul use ; par conséquent il peut
dépenser beaucoup sans consommer personnellement
davantage, et ce qu'il ne consomme pas est toujours
consommé par les autres.

Le contraire ne peut arriver que s'il arrête la circulation ou le travail, que s'il thésaurise. Mais si c'est possible pour les métaux, cela ne l'est pas pour les denrées; on n'enfouit pas les objets autres que l'or, et si on les dissipe c'est une consommation: là où tombent les miettes, des oiseaux viennent pour les manger. Reste à savoir si les oiseaux qui comptent sur cette ressource, s'en trouvent bien et ne mangeraient pas mieux et plus sûrement ailleurs.

Le voisinage de la grande opulence ne produit donc point la misère par suite de l'opulence même, mais par son mauvais emploi, par la facilité qu'elle donne à vivre sans labeur, par les habitudes immorales et paresseuses qui en résultent; enfin par ce gaspillage dont l'exemple fait perdre, même à ceux qui en profitent, toutes les idées d'ordre et d'économie.

Cela n'arrive pas quand la fortune est en mains dignes, quand elle est jointe à la modération, à l'humanité, à la raison. Un homme riche qui sait faire un bon emploi de ses richesses, n'est de fait que l'intendant de ceux qui ne le sont pas, et s'il dépense comme il le faut, c'est-à-dire s'il ne donne pas pour exempter de l'économie et du travail, mais pour y conduire, pour les faire naître et les maintenir, la misère ne doit pas apparaître où il habite. Si elle y vient, c'est sa faute, c'est qu'il entasse ou qu'il prodigue, c'est qu'il ne sait dépenser ni pour lui ni pour les autres, c'est qu'il abandonne beaucoup à celui-ci, rien à celui-là; c'est qu'il agit sans discernement; c'est qu'il ne laisse pas même les choses suivre leur cours naturel; car s'il était seulement bien pénétré de ce double précepte, axiome de commerce, qu'on ne donne rien pour rien, et aussi qu'il ne faut exiger rien pour rien; s'il ne s'en écartait jamais et qu'il mît à chaque œuvre, à chaque service son prix réel, cela suffirait pour amener une répartition juste de son superflu et pour écarter la misère.

Et ceci, nous l'appuierons du calcul suivant :

Lorsque dans une-ville, une province, un lieu quelconque, il existe plus de propriétaires riches que ne le comportent la proportion ordinaire et le nombre des habitans, on peut en conclure qu'il y a réellement abondance et que si l'on faisait le partage égal des fruits, chacun en pourrait vivre. Or, lorsque l'opulent dépense sur les lieux toute son opulence, cette répartition est faite : mais l'on sent qu'elle ne peut l'être bien, qu'autant qu'elle l'est selon ce que chacun vaut. Or, ce que chacun vaut ne peut être, arithmétiquement parlant, que ce que chacun gagne, car prétendre rétribuer chaque individu selon sa capacité réelle est une chimère. Je ne pèse le mérite ou la valeur qu'à l'œuvre. Pour savoir ce que vous êtes, montrez-moi ce que vous savez faire. Vous aurez été apprécié ce que vous valez quand j'aurai payé à son prix ce que vous avez fait. Et pour cela, il faut que vous fassiez ce qui m'est utile et que vous le fassiez bien, car si vous ne le faites pas ou si vous le faites mal, ne vous en prenez qu'à vous si je vais le chercher ailleurs, et si un autre que vous profite de mon superflu.

En principe, partout où l'on peut faire quelque chose et où l'on peut payer ce que l'on fait, si la misère existe, c'est qu'on ne fait pas ce que l'on doit, ou qu'on ne paie pas ce que l'on a fait. Quelqu'un a tort, le consommateur ou l'ouvrier ; peut-être tous les deux, mais certainement l'un ou l'autre, car la misère, je ne puis trop le redire, n'est pas dans le sol, elle est dans les hommes ; et si elle résulte d'abord de l'individu, elle dépend ensuite de celui qui est le plus en contact avec lui et par conséquent beaucoup de notre voisin s'il est opulent, et de l'emploi qu'il fait de sa richesse.

Les exemples de ceci sont peu sensibles dans les villes où tout se confond dans la masse ; mais qu'un propriétaire riche aille habiter la campagne, l'aisance ou la misère règnera autour de lui selon son carac-

tère. S'il est avare ou inactif, s'il ne dépense et ne récolte rien, c'est comme s'il n'était ni lui ni sa propriété,
et nous n'en parlerons pas. Mais admettant qu'il récolte
tout ce qu'il peut et qu'il dépense tout ce qu'il a, c'est
la manière dont il le récoltera, dont il le dépensera, qui
peuplera sa commune de pauvres ou de travailleurs.

Si c'est un prodigue qui sème au hasard, qui donne
au paresseux et ne paie pas l'ouvrier ou le paie mal,
vous voyez en peu d'années la population partagée en
individus de deux classes : les premiers ou les moins
nombreux sont ceux qui, profitant du laisser-aller du
maître, ont, sous quelques rapports, amélioré leur
position. Les seconds ou la grande majorité sont ceux
qui, devenus plus pauvres qu'ils n'étaient, sont aussi
plus démoralisés. Or, ce sont ceux-là mêmes qui ont
reçu le plus. Mais ce qui tombe de la main prodigue
s'arrête rarement à la première qui le ramasse: pourquoi?
C'est que l'on répand sans prudence ce que l'on a gagné
sans peine ; c'est qu'après avoir acquis sans fatigue,
on croit qu'ainsi l'on acquerra toujours ; c'est que
le travail ne paraît plus qu'une duperie, quand il y a
moins de profit à travailler qu'à ne rien faire ; c'est
qu'en ne travaillant pas, on cesse de compter sur soi-
même, et dès qu'on n'y compte plus, il ne reste ni prévoyance ni industrie ; c'est qu'enfin on a fait comme le
maître, qu'on s'est abandonné au caprice et qu'on a
donné sans mesure. Ici d'où vient le mal? Est-ce de la
grande richesse? Non, c'est de sa mauvaise répartition,
c'est de l'usage irréfléchi qu'on en fait ; c'est de son
emploi désordonné.

Si au contraire, ce capitaliste est un homme d'ordre,
si même sans être charitable ni sans songer au bien-
être des autres, il tient à améliorer le sien et à s'enrichir encore, si outre le présent, il pense à l'avenir,
enfin si en sachant dépenser il sait compter, il obligera
bientôt les autres à compter avec lui et par conséquent

avec eux-mêmes. Alors si au lieu de s'entourer de gens incapables ou sans bonne volonté, qui, mangeant sans rien faire, coûteront sans produire, il a soin de n'appeler que les plus laborieux, et qu'il les paie en raison de leur labeur, l'habitant qui bientôt s'en aperçoit et qui sent qu'il n'a nul profit à l'oisiveté ou à la négligence dans l'œuvre, ne sera ni oisif, ni négligent. Peut-être maudira-t-il d'abord la main avare qui ne lui donne pas un sou s'il ne le gagne, mais bientôt il rendra justice à cet homme qui ne lui dénie jamais ce sou quand l'œuvre le vaut, et il reconnaîtra qu'il y a pour lui intérêt et sécurité à faire que cette œuvre le vaille !

L'opulence de ce propriétaire n'est dès lors à charge à personne. Peu importe qu'il soit agriculteur, manufacturier ou simplement consommateur : s'il paie exactement ce qu'il consomme, s'il le paie à sa valeur, s'il ne paie que ce qui doit être payé, s'il ne donne qu'au travail, à la conduite, à la moralité, il n'appauvrira qui que ce soit, quelque riche qu'il devienne lui-même, quelque dépense qu'il fasse. La grande richesse d'un seul peut donc être pour tous une chance de bénéfice, et en même temps une cause de liberté et un exemple de bonne administration. Je ne réprouve donc pas la grande propriété; son plus grave inconvénient est de faire dépendre d'un homme le sort de plusieurs; mais ceci est inhérent à la nature humaine : de la vie du père dépend aussi celle des enfans.

Voyons maintenant la seconde partie de la question :
Nous avons dit que la misère ne venait pas de la pauvreté du sol, et qu'un pays pouvait toujours être riche sous la main de ceux qui l'exploitent. Expliquons ce que nous entendons par pays riche ou pays pauvre.

On a souvent répété que la surabondance de population était une cause de misère, et qu'ainsi il existait des lieux où l'on ne pouvait pas vivre. Si l'on prend la question dans son acception absolue, un pays doit tou-

jours nourrir ceux qui y sont; car si véritablement la
substance y manque, ils vont ailleurs ou meurent. On ne
peut donc parler que des localités où l'on existe à peu
près, c'est-à-dire en vivant mal, en ne mangeant
pas à sa faim, en ne buvant pas à sa soif, en n'étant pas
couvert selon la saison, en n'ayant enfin ni feu ni logis.
Certes, cela se voit tous les jours; et c'est réellement
ce que nous entendons par misère et pauvreté. Mais cela
vient-il du pays? Si, par accident ou caprice, une masse
d'hommes s'agglomère sur un point où la nourriture
ne puisse arriver en proportion des besoins de chacun,
ou bien où il ne reste plus d'espace pour donner aux bras
les mouvemens nécessaires au travail, il est certain que
la misère y apparaîtra; mais il y a folie à s'entasser
quelque part, à y étouffer, quand il y a place ailleurs.
Si la terre ne suffisait plus aux hommes, cet entassement s'expliquerait; mais personne n'ignore qu'il n'est
pas un seul état de l'Europe dont le territoire ne puisse
nourrir ses habitans, et ceux qui s'en éloignent, sont
déterminés moins par le défaut d'espace que par l'in-
constance naturelle à l'homme ou par l'espoir de choses
nouvelles.

La France a, en superficie, 53,000,000 d'hectares, dont
40,000,000 sont cultivables. Il y en a 22,800,000 de
cultivés; le tiers suffirait pour nourrir ses 33,000,000
de régnicoles et le million d'étrangers qui s'y arrêtent
annuellement. Ce n'est donc pas le manque de terrain
qui y cause la misère, c'est la médiocrité de la culture
qui fait que 3 hectares ainsi travaillés rapportent moins
qu'un seul qui le serait bien; c'est le mauvais emploi
des produits, c'est la consommation par les animaux de
ce qui devrait l'être par les hommes; c'est la présence
de ceux qui, sans avoir, veulent vivre sans travail. Dans
tous ces élémens de misère, l'excès de la population
n'entre pour rien, et son entassement sur les mêmes
points pour peu de chose. Dans l'état de la société actuelle

en Europe, la disette d'hommes valides est bien plutôt une cause de pauvreté, et l'ignorance ou la paresse plus encore que le défaut de bras.

La stérilité d'une partie des terres n'est pas une raison mieux fondée; il est bien peu de terres stériles pour celui qui a la volonté de les faire produire. Si elles ne produisent pas, le commerce et l'industrie peuvent y suppléer, et, comme l'agriculture, maintenir l'abondance.

La misère des peuples, nous le voyons, tire donc moins sa source des causes physiques que des causes morales; elle vient moins des localités que de la disposition des esprits, des habitudes qui en sont la suite, et surtout du défaut d'intelligence dans le travail. Cela est si vrai, que c'est toujours dans les pays réputés stériles et sans ressources, là où la masse de la population est misérable, que le spéculateur, que l'industriel étranger s'enrichit. Celui-là sait, par expérience, que quand le peuple est pauvre quelque part, c'est que probablement il n'a pas profité des moyens qu'il a d'y être riche. Sur cette seule donnée, il s'y porte; et là, sans concurrent, seul clairvoyant, il a bientôt découvert un trésor; et où tout le monde végétait depuis des siècles, il fait fortune en peu d'années.

Or, il n'aurait pu, dans un délai aussi court, la faire dans un pays riche et fertile, précisément à cause de sa richesse, de sa fertilité, qui, là comme ailleurs, ne surgissent que par l'industrie. Il n'y aurait été qu'industrieux comme un autre, il n'eût pas obtenu du sol plus qu'un autre, puisque chacun en tire tout ce qu'il peut en tirer; il eût donc pu, comme les autres, y vivre dans l'aisance, mais il n'y eût pas amassé de richesses.

Et ceci ne se borne pas à l'agriculture; le commerce et la fabrique offriront les mêmes chances de succès. Partout, quand ces moyens d'aisance ne sont exploités par personne, celui qui les aperçoit le premier en tirera, s'il les emploie bien, de grands bénéfices.

Il est donc peu de contrées, il n'en est pas peut-être, où la pauvreté soit sans remède, où elle ne couvre une mine d'or : il ne s'agit que de la trouver; et la mine d'or c'est le travail, c'est la conduite. Vous, cultivateurs laborieux, vous, négocians, vous, manufacturiers, qui voulez vous enrichir, si vous n'y parvenez pas chez vous, allez chez les populations dites pauvres. Et vous, habitans de ce pays, travaillez comme eux, et probablement vous vous enrichirez avec eux. Là où il y a de la terre, de l'eau et des bras, on doit trouver de la nourriture, un abri et des vêtemens, puis l'abondance, puis le luxe et un palais. Quand on ne les y trouve pas, c'est qu'on ne les cherche pas, c'est qu'on est infirme ou aveugle.

Si partout de la pauvreté peut sortir la richesse, partout aussi, et par la même raison, la richesse peut enfanter la pauvreté ; cela dépend des mains dans lesquelles elle tombe. Tel avec une noix fera pousser un arbre; tel autre possesseur d'une forêt n'en tirera qu'un peu de cendre. Posons un exemple ; individualisons les faits :

Un homme est père de 6 enfans, il possède en bonnes terres la valeur de 6 millions; il en fait 6 lots valant chacun un million : il en donne un à chacun; ces six enfans ont ainsi une aisance égale. Nous supposons qu'ils sont tous bien mariés, tous au même degré d'intelligence; seulement ils ont des goûts et des caractères différens. Eh! bien, avant dix ans leurs fortunes ne seront plus semblables ; avant vingt les uns l'auront doublée, les autres l'auront réduite à moitié; avant trente ans, un au moins sera dans la misère, et un autre aura trois à quatre millions.

Les terres qu'ils ont reçues, si elles n'ont pas changé de mains, auront suivi la même progression croissante ou décroissante; les unes auront triplé de fertilité et de produits, les autres seront devenues stériles. Ce que je dis ici d'une famille on peut l'appliquer à toutes, et aussi à toutes les nations; car il en est bien peu qui n'aient elles-mêmes créé leur richesse ou leur misère.

Prenons maintenant un exemple contraire : au lieu de capitalistes, supposons 6 individus qui n'ont rien; faisons-les partir du même point et laissons-les agir sur un terrain où chacun puisse également développer sa volonté et son industrie; après quelques années allez à eux : deux seront encore pauvres, deux dans une situation modeste, deux seront riches. Otez-leur le tout et laissez-les recommencer, les résultats seront probablement les mêmes ; le pauvre restera pauvre, la médiocrité redeviendra la médiocrité, celui qui a fait fortune là fera encore ; car, soyez-en certain, le hasard n'est qu'un mot, il n'y a pas plus de hasard que de stérilité dans la nature.

A l'appui de ceci on peut citer aussi des peuplades transplantées qui sont aujourd'hui riches et puissantes sur un sol réputé aride ; et dont les premiers habitans étaient morts de langueur et d'inanition. Soyons-en bien convaincus, la misère c'est l'individu, la richesse c'est lui encore; il n'y a pas de richesse ni de pauvreté de siècle, il n'y a pas de pays pauvre; si on y est libre on pourra toujours y devenir riche, parce qu'à défaut de terres fertiles les bras restent et avec eux l'industrie et le commerce. Si cela n'était pas, si on n'y pouvait subvenir à ses besoins avec de l'industrie, on n'y resterait pas, car il n'y a que la paresse qui enchaîne à la famine. C'est donc le caractère d'une nation comme celui d'un homme, c'est donc sa volonté qui fait ou défait son aisance.

On pourra répondre ici que si la misère vient d'une volonté, cette volonté peut être imposée, être celle d'autrui, volonté plus forte que la nôtre, et qui nous lie à un travail dont nous ne pouvons pas vivre, ou qui nous empêche de vivre de celui que nous faisons et du sol où nous sommes. L'observation est juste; aussi le

vasselage, le privilège, le monopole, les impôts excessifs
sont-ils une source de malaise parce qu'ils entravent
l'industrie ou la dirigent dans un sens opposé à l'intérêt
commun; mais, nous le répétons, la misère qui émane
de la tête ou de la mauvaise direction de l'ensemble,
celle qui n'a pas une cause inhérente à chacun, est
moins dangereuse que la misère qui tient au cœur d'un
peuple, que celle qui est la suite de ses préjugés, de
ses opinions, de ses habitudes, que celle qui, devenue
sa volonté, s'est nationalisée en lui; car pour celle-là,
il ne s'agit pas de réformer les lois, mais le caractère,
mais l'esprit de tous; ce sont des superstitions qu'il
faut extirper, des vices qu'il faut guérir. Cette misère
est la misère européenne, c'est la nôtre; misère attachée
à nos mœurs, presque à nos goûts, misère certainement
moins contrainte que volontaire. C'est la misère de la
liberté.

Ce n'est pas que je prétende que l'on veuille être
pauvre; non, l'insensé même désire son bien-être; et
l'habitant du hameau le veut comme celui de la ville.
Mais en souhaitant être bien nourri, bien abrité, bien
pourvu de tout, en voulant être riche enfin, l'un pas plus
que l'autre ne travaille à le devenir. Sût-il même ce qu'il
faut faire, il n'a pas le courage de l'entreprendre; nu,
souffrant, il ne fait rien pour couvrir sa nudité, pour
échapper à sa souffrance. On peut même affirmer qu'il fait
tout ce qu'il faut pour s'y maintenir, pour la rendre plus
profonde, plus hideuse. Ici, l'homme de la civilisation
est au-dessous de celui de la nature; il a moins que lui
l'instinct de sa propre conservation et peut-être est-il
réellement plus pauvre, plus malheureux.

Il est des individus chez nous, il en est beaucoup,
qui atteignent la vieillesse sans avoir mangé une fois à
leur faim, ni dormi une nuit d'un sommeil paisible, d'un
sommeil libre d'inquiétude. Il en est des milliers qui,
nés sous l'influence de ce cauchemar de misère, étreints

par ce spectre famélique, n'ont pas fait dans toute leur
vie un mouvement, un geste pour l'écarter. Oui, cet
homme inférieur à l'animal qui, du moins, a l'instinct
de vivre, cet homme vous le rencontrez à chaque pas :
il naît affamé pour rester affamé. Sa paresse, son imprévoyance, l'enchaînent à son vautour ; et, dans son
spasme ou dans sa léthargie, il ne sait ni vivre ni
mourir.

D'où vient cette apathie ? de l'ignorance mère de tout
mal, de l'ignorance qui lie les mains, dessèche la tête
et rend le cœur stérile, de l'ignorance qui aveugle. Les
trois quarts des pauvres ne mangent point, parce qu'ils
ne voient pas le pain qui est dans leurs mains ; partout
le défaut de savoir est, avant le désordre même, une
des causes premières de la misère.

Dans nos villes comme dans nos campagnes, si vous
trouvez une famille plus misérable, plus nue, plus affamée que les autres, vous pouvez être assuré que c'est
aussi la plus ignorante, celle qui sait le moins vouloir
et agir ; et le degré de sa pauvreté sera toujours celui de
son insouciance à apprendre. Par apprendre, je n'entends
pas seulement apprendre à lire, j'entends apprendre à
réfléchir, à raisonner, à calculer. Ainsi, quand vous
me direz qu'une population est malheureuse, je ne vous
demanderai pas si elle est instruite et capable, car je
suis certain qu'elle ne l'est pas ; et plus son ignorance
datera de loin, plus de générations ignorantes auront
succédé à des générations ignorantes, plus la pauvreté
sera invétérée et plus près de l'état incurable. L'ignorance qui engendre la misère est ainsi entretenue par
elle, et d'elle aussi sortent la superstition, le préjugé
et la routine, autres sources morbides.

Le fanatisme, fils de l'ignorance et père de la cruauté,
a été une des grandes causes de misère ; il a dépensé
en ruines l'énergie qu'on aurait pu employer à édifier.
La superstition ne produit point la paresse, mais elle

crée des occupations sans profits, sans utilité même
morale, qui s'écartent autant de la vraie religion que de
l'industrie réelle, et qui sont de plus une occasion de dépense et quelquefois de débauche. Sans doute il est
bien qu'un jour de la semaine soit consacré à la prière
et au repos, c'est un des commandemens de Dieu, et,
comme tous les autres, il est fondé sur la justice, la
nature et la plus saine logique : le travail est meilleur
quand les forces ont été réparées.

Mais ces fêtes qui ne sont ni dans la loi civile ni
dans la loi religieuse, ces fêtes politiques sans être
morales, ou dévotes sans être pieuses, ces fêtes que
l'on célèbre non dans le temple mais au cabaret, sont-
elles utiles? Ne sont-elles pas plutôt une cause inces-
sante de pauvreté par les dépenses, par les excès
qu'elles occasionnent, et ne contribuent-elles point à
faire naître l'ivrognerie, source de crime et de misère?
Ici arrêtons-nous un instant.

Après la paresse et l'ignorance, avant peut-être,
l'ivrognerie est la cause du malheur de nos villes et de
nos campagnes. Il existe chez nous comme partout
deux espèces de misères:

1°. La misère effective ou matérielle, produite par la
disette des choses indispensables à la vie, la disette du
pain, du chauffage, des vêtemens; 2°. la misère qui
consiste dans l'absence du superflu. Tel ménage a de la
viande, du bois, des habits, qui cependant est pauvre
parce qu'il a été accoutumé à autre chose ou qu'il
voit journellement en faire usage.

Ce désir d'abondance peut avoir son avantage; il
développe nos facultés intellectuelles, et nous conduit
à un travail plus suivi, plus raisonné. Mais il est un
superflu qui ne peut jamais produire un bon résultat:
c'est celui de la boisson. Ce goût poussé à l'excès, cet
amour ou cette vanité de vin, d'eau-de-vie, en englou-
tissant la moitié des ressources de l'ouvrier, est, en

France comme dans toute l'Europe (1), une des causes
les plus actives de la pauvreté. L'ignorance et le préjugé n'y sont pas encore étrangers, car l'opinion du bas
peuple à qui ce vice d'ivrognerie nuit le plus, bien loin
de le flétrir semble l'encourager. C'est une espèce de
bon ton parmi les artisans de dépenser beaucoup en
spiritueux ; la plupart boivent sans plaisir et seulement
pour se conformer à l'usage, pour faire comme les
autres, c'est-à-dire pour faire ce qui n'est utile ni à
eux ni aux autres. Où est le mérite d'une pareille chose?
Cependant il est des provinces où un ivrogne est presque
fier de l'être. Le Bas-Breton ne niera jamais son intempérance: oui, je bois bien, dira-t-il, et il le dira
avec orgueil. Dans les autres départemens, si le préjugé
en faveur de l'ivresse ne va pas jusqu'à en tirer vanité,
il n'est pas moins vrai que la plupart des artisans mettent
le caprice avant le besoin et se croient plus misérables
quand ils n'ont point de tabac et d'eau-de-vie que
lorsqu'ils sont sans pain.

Chose étrange, c'est qu'ils deviennent d'autant plus
ivrognes qu'ils ont moins de moyens de l'être ; et ce
sont toujours ceux qui n'ont rigoureusement que ce
qu'il faut pour vivre, qui dépensent le plus pour
s'enivrer. Un ouvrier qui gagne trois francs par jour,

---

(1) Voici les quantités et les droits perçus sur les spiritueux en
Angleterre, de 1834 à 1835.

Rhum	3,345,177 gallons	1,505,140 liv. st.
Eau-de-vie	1,388,639	1,561,427
Genièvre	21,632	24,303
Liqueurs, etc.	9,901	9,799
Spiritueux anglais	32,497,806	5,246,874
Total	37,263,455	8,347,543
	(446,000,000 litr.)	(208,948,825 fr.)

Durant cette même époque, la consommation de la drèche s'est
élevée pour les trois royaumes à 32,130,000 boisseaux.

met certainement plus d'argent en boisson que le
rentier qui a dix fois le même revenu. Il y a beaucoup
de riches qui ne boivent ni vin ni eau-de-vie, tandis
qu'il est presqu'impossible de trouver un homme du
peuple qui n'en fasse pas usage; et, dans le nombre,
il en est plus d'un, qui, s'il n'a pas d'argent, vendra
pour alimenter sa passion, ses meubles, ses couvertures,
ses habits, ceux de sa femme. Ah! combien de fois cette
malheureuse mère dans l'anxiété du désespoir, n'a-t-
elle pas attendu pour donner du pain à ses enfans, le
retour d'un mari ivrogne, qui, après avoir dépensé au
cabaret le prix de sa journée, ne lui rapporte que des
injures et des coups; trop heureuse si, dans son délire
féroce, il ne fait pas couler son sang!

La boisson appauvrit, non-seulement par ce qu'elle
coûte, mais par la perte de temps qu'elle entraîne, par
l'engourdissement des bras qu'elle énerve, de l'intelligence qu'elle use; elle obscurcit la raison et abrège la vie.
Le meilleur ouvrier cesse de l'être quand il a bu.

En vain l'on a dit que les spiritueux sont nécessaires
à l'homme qui travaille, et qu'ils contribuent à entre-
tenir sa force. Non; cette vigueur alcoolique est
toujours factice; et si une petite quantité d'eau-de-vie
ne fait que peu ou point de mal, il n'est peut-être pas
un cas sur dix où elle puisse faire du bien. Qu'un accident amène la destruction de toutes les distilleries
et de toutes les matières qui les alimentent, je suis
convaincu qu'il n'y aurait pas cent hommes en France
qui mourraient de ce changement dans leurs habitudes,
tandis que la vie de plusieurs millions s'en trouverait
prolongée.

Si l'on nie ce résultat physique, l'amélioration morale
qui suivrait cette suppression des distilleries ne peut
être mise en doute; car aujourd'hui le nombre des
débits de liqueurs pourrait presque servir à établir
celui des crimes. Il est tel département où les percep-

tions sur les boissons, tout énormes qu'elles soient,
couvrent à peine les frais d'assises. L'eau-de-vie est
chez nous la compagne obligée de tous les vices, de
toutes les fautes, de tous les forfaits; il n'est pas un
voleur, pas un assassin qui ne boive de l'eau-de-vie, soit
pour s'encourager au crime, soit pour en perdre le
souvenir quand il l'a commis; et partout la consommation des alcools par le peuple, fait la mesure de sa
misère et de sa dépravation.

Si cette vérité démontrée jusqu'à l'évidence ne frappe
pas l'autorité, si pour elle seule cela n'est pas visible,
c'est qu'elle ferme les yeux, ou que sa raison est fas-
cinée par ses préjugés fiscaux. « La consommation des
liqueurs enivrantes est un des principaux revenus de
l'État; il faut donc qu'on en consomme le plus possible.
Les infirmités, les décès sont un inconvénient, les
crimes en sont un autre; mais le déficit dans la caisse
serait une calamité. » Voilà ce que dit la routine financière. Un jour viendra où la politique, en raisonnant
plus humainement, calculera plus juste. Le premier
devoir, le premier bénéfice d'un gouvernement est de
préserver les gouvernés de tout mal, de tout poison,
et surtout de tout crime; il n'est pas plus permis de
faire des bourreaux que des victimes. Les effets perni-
cieux des spiritueux seront, avec le temps, si généralement reconnus, que la loi les prohibera comme l'arsenic,
et qu'on n'en pourra plus vendre qu'avec certificat du
médecin. Je signale spécialement les alcools parce que
les effets en sont beaucoup plus désastreux que ceux
des liqueurs simplement fermentées. L'ivresse du vin,
du cidre, de la bière, est moins meurtrière; elle ruine
moins vite le système nerveux; l'exaltation qu'elle
produit n'est ni aussi vive, ni aussi durable; enfin
l'abrutissement ou l'anéantissement des facultés morales
est moins imminent et les suites moins promptement
incurables.

A tous les avantages d'hygiène et de moralité qui résul-
teraient, pour le peuple, d'une moindre consommation
de spiritueux, soit par l'affaiblissement du degré des liqueurs, la difficulté de s'en procurer, la réduction du
nombre des débits et des distilleries, soit par des peines
judicieusement appliquées à l'intempérance publique, on
peut ajouter ce qu'il gagnerait en économie ; car de l'i-
gnorance et de l'ivrognerie surgit encore le défaut d'ordre, autre source de souffrance, de malheur et de pauvreté ; en tout pays, on meurt de faim quand on ne sait
pas compter.

Le défaut d'ordre vient de celui de calcul. On ne
compte ni avec soi-même ni avec les autres, on dépense
avant de gagner, et les ressources d'une semaine se
trouvent ainsi épuisées en un jour.

Si vous êtes entrés quelquefois dans la maison du
pauvre, avez-vous vu la misère, la grande misère où
l'ordre existe ?

Ici l'on demandera à quoi on peut reconnaître l'ordre ?
— On le reconnaît à la propreté, et un simple coup d'œil,
un premier pas dans la chaumière vous l'indique. Oui,
où la propreté habite, la pauvreté extrême n'est pas ; car
la misère comme la rouille ne semble avoir de prise que
sur ce qui est sale et abandonné. La malpropreté est
non-seulement un indice de misère, mais en est une
cause. La propreté, soit du logis, soit du corps, devient
l'enseigne de la conduite ; elle prouve, avec la réflexion,
un calcul de tous les instans ; elle démontre l'économie
et la prévoyance de l'avenir. D'avenir, il n'en est pas
pour celui qui n'a pas d'ordre : jamais il ne peut dire
ce qu'il sera, ce qu'il fera demain. Pour lui point d'aisance possible ; ne connaissant ni ce qu'il reçoit ni ce
qu'il donne, il est continuellement aux expédiens et
peut mourir de faim comme le plus misérable.

Le premier effet de l'esprit d'ordre est l'arrangement ;
son premier bénéfice est le gain du temps. Celui qui

met chaque chose où elle doit être, n'est pas obligé de
la chercher où elle n'est pas. Il sait toujours ce qu'il en
a fait, il sait aussi ce qu'il en fera. L'arrangement est
donc profitable à tous; il est doux à l'œil et à chaque
instant il contribue au bien-être.

De l'arrangement matériel à l'arrangement moral, puis
à la prévoyance ou à l'économie de la bourse, il n'y a
qu'un pas. Lorsqu'on ne dépense pas inutilement ses
meubles et ses habits, on ne jettera au hasard ni son argent ni ses provisions. Donc si ce n'est pas toujours l'ordre
qui donne la fortune, ordinairement c'est lui qui la conserve.

Malheureusement cet ordre et cet arrangement sont
des vertus rares. Il n'en est pas ainsi des défauts contraires;
et si nous étudions dans chaque individu la cause de
chaque misère, nous en trouverons bien peu qui ne proviennent de l'insouciance ou d'un vice analogue. Celui-ci
n'a pas d'état, ou il le fait mal; celui-là en change continuellement, ou il travaille sans goût, sans attention,
sans activité; il s'arrête à tout propos, il se repose avant
la fatigue, et fait à peine en deux jours ce qu'un autre
ferait en un; il est brouillon, il ne sait pas vendre, il ne sait
pas acheter, il gaspille, il ne compte pas, il emprunte
sans besoin; il est joueur, libertin; bref, si nous appro-
fondissons sa vie, nous trouverons bientôt la plaie et
nous acquerrons la preuve que s'il meurt de faim, c'est
moins parce qu'il manque du nécessaire que parce qu'il
dépense mal ce qu'il a.

Il faut peu d'argent pour assurer la vie d'un homme;
il en faut peu même pour le tenir dispos et robuste, et
avec lui sa famille, car il est plus aisé de prévenir la
misère que de la guérir.

Afin de démontrer ceci et de faire voir en même temps
que sur le gain le plus ordinaire, on peut trouver des
économies, suivons un ouvrier dans son ménage.

Il est marié, il a deux enfans, il vit comme tous les

ouvriers bons sujets. Il a les mêmes habitudes, les mêmes
préjugés, les mêmes travaux, les mêmes plaisirs.

Sa position financière est aussi celle des journaliers;
il gagne par jour le prix qu'ils reçoivent le plus généralement, c'est-à-dire 2 francs; ce qui, déduction
faite des cinquante-deux dimanches, fait 626 francs par
an. Mais, de ces 626 francs, il faut ôter encore quatre
fêtes ordonnées et au moins deux volontaires, reste donc
614 francs par an ou 1 franc 68 centimes par jour.

Peut-être arrêtera-t-on là mon calcul, en disant : il y a
erreur; comment voulez-vous que père, mère, enfans
vivent, se logent, s'habillent, se chauffent et se diver-
tissent, avec 1 franc 68 centimes par jour, sans anti-
ciper sur l'avenir, et par conséquent sans faire de dettes.

Je n'invente rien, je dis ce qui est; et sur dix familles
en Europe, il y en a six qui vivent avec moins. Il est
donc prouvé que dans la France, qui n'est pas le
pays où la vie coûte le plus cher, un ménage de quatre
personnes peut vivre avec cette somme, c'est-à-dire payer
son logement, sa nourriture, ses vêtemens, son chauffage
et ce que le plus pauvre donne à ses plaisirs, l'eau-de-
vie, le tabac et le repas extra du dimanche. Cet ouvrier
vit donc, il ne lui manque rien dans sa sphère et, selon
ses modestes désirs; mais au bout de l'année il n'a rien.
Voyons s'il ne pourrait pas avoir quelque chose.

Nous maintenons le dîner du dimanche : c'est une ré-
création de famille; mais les deux ou trois petits verres
d'eau-de-vie par jour, les trois ou quatre pipes qui les
suivent ou les précèdent, ne pourrait-on pas les économiser, ou du moins, les réduire à moitié? Admettons
que ce tabac lui soit nécessaire, que ce soit une habitude invétérée, qu'il ne puisse enfin obtenir par an sur
ses 614 francs, la faible économie de 12 francs : lui serait-
il donc impossible de gagner quelque chose en sus de
sa journée de 2 francs? Cette journée est de dix heures de
travail : en emploie-t-il quatorze à dormir ou à manger?

Non. Il a la soirée disponible, c'est-à-dire environ quatre
heures; qu'il en donne une à son repas, une autre à la pro-
menade; deux lui restent. Deux heures par jour, déduction
faite des fêtes et des dimanches, font 614 heures par an,
ou environ vingt-six journées de vingt-quatre heures.
Admettons que ces journées ne lui rapportent qu'un
franc : eh bien! à la fin de l'année, il aura devant lui
26 francs qui, placés à la caisse d'épargne, formeront
une ressource contre les accidens, préviendront les em-
prunts et seront pour lui et les siens une source de tran-
quillité et un gage d'avenir.

A cela on répondra que j'ai compté sur un homme
constamment sain et robuste, toujours apte à la fatigue.
Sans doute, mais aussi je lui ai donné un passif que n'ont
pas tous les ouvriers, une famille, et j'ai supposé que
pour se marier, il n'avait rien. Or, si chaque artisan cal-
culait qu'avant son mariage il doit avoir quelque chose
et qu'il lui est facile de l'obtenir, puisque sans autre
charge que lui-même, il peut, étant garçon, économiser
la moitié de son gain et avoir ainsi quelques avances, il
éviterait bien des heures de souci et de privations.

On n'a jusqu'ici considéré la femme que comme dépense
et consommation. C'est qu'en effet, dans notre état
social, elle ne fait point partie des ressources de l'artisan
et ne rapporte rien à la communauté. Peut-être y a-t-il des
exceptions, mais elles ne font pas règle. Chez la majorité
de nos prolétaires, la femme et les enfans étant à la
charge du mari, nous avons dû les porter comme frais
et avances.

Cette situation des choses, cette inutilité financière des
femmes, si générale, si reconnue, est-elle bien logique, est-
elle nécessaire ou est-ce un préjugé, et ce préjugé est-il
profitable? S'il ne l'est pas, ne contribuons-nous pas, nous
autres hommes, à l'enraciner à notre préjudice, en per-
suadant, à nos filles comme à leurs mères, qu'elles ne
peuvent être bonnes à rien; bref, qu'elles ne sont qu'une

partie de l'ameublement et du logis? On dira qu'elles
ont à s'occuper du ménage. C'est vrai, c'est leur première obligation; mais ce soin absorbe-t-il tous leurs
instans? Les occupe-t-il sans cesse? Quand elles ne
travailleraient que deux heures, quand elles ne gagne-
raient par jour que 25 centimes, soit en tricotant, soit
à toute autre industrie, cela ferait au bout de l'année
76 francs 75 centimes, qui aideraient leur mari à vivre
et à les faire vivre. Là où les femmes sont laborieuses,
les ressources naissent et la disette n'approche point.

Dans les classes où l'on n'attend pas le gain de la journée
pour subsister, si la vie de la femme n'est pas une oisiveté
complète, cette vie presque toujours est dissipée en fu-
tilités ou en soins qui, sans être le désœuvrement, n'ont
et ne peuvent avoir aucun résultat sur le bien-être de la
famille. Sans doute, si cette femme est mère, si elle
a nourri ses enfans, elle s'est acquittée d'un grand devoir; ce devoir n'a qu'un temps; après, viennent d'autres
obligations; ces obligations sont-elles remplies?

Cependant il faut ajouter que la frugalité et l'économie
de beaucoup d'épouses d'artisans, réparent le mal que
cause leur oisiveté : ce qu'elles empêchent de dépenser
égale ou dépasse ce qu'elles auraient pu gagner.

Quant à ce qu'elles coûtent personnellement pour leurs
besoins ou leurs plaisirs, c'est en général assez modique.
Otez le goût de la toilette, toujours très-secondaire
lorsque l'abstinence est au foyer, que dépensera la femme
de l'ouvrier? Elle mange peu et boit moins encore : sa
boisson n'est que de l'eau, ses jouissances sont presque
nulles. Si elle est jeune, elle aimera la danse; cela coûte peu
et ne dure pas.

A ce tableau de l'économie de la femme du peuple,
il est sans doute des ombres : quelques-unes sont ivro-
gnesses, débauchées, prodigues, mais ce n'est pas le grand
nombre; et si nous totalisions la dépense de la femme
de l'artisan marié, nous verrions qu'elle ne s'élève pas au

quart de celle du mari. Si ce mari, comme on n'en voit
que trop, ne rapporte chez lui que la moindre partie de
son gain, ce qui reste à la femme pour sa nourriture et
celle de ses enfans est souvent si minime, qu'il est presqu'impossible de concevoir comment il peut suffire ;
pourtant si elle ne partage pas les penchans de l'époux,
si elle-même est économe, elle en vivra et fera vivre sa
famille; c'est l'ordre aux prises avec l'inconduite : ici la
femme est vraiment admirable.

Abandonnée à elle-même, à ses seuls efforts, quoiqu'elle
ait en elle moins de ressources que l'homme et moins de
moyens de gagner, la femme restera rarement dans un
dénuement absolu. Pour que cela arrive, il faut qu'elle
soit infirme. Dans une colonie qui ne serait composée
que de femmes, il n'y aurait probablement ni pauvres
ni mendians.

D'où vient ceci, puisque la balance est contraire aux
femmes, partout plus faibles, moins aptes à travailler, ou
plus sujettes à des indispositions qui leur en ôtent le
moyen? C'est que les femmes ont plus de mesure et
d'arrangement que les hommes ; qu'elles aiment non-
seulement l'ordre sur elles, mais dans tout ce qui les
entoure ; c'est qu'enfin moins entraînées par les passions
ou y cédant moins fréquemment, elles ont plus de prévoyance. Ce dernier point surtout est caractéristique, et
l'on a remarqué qu'il n'y a pas de femme vivant isolée,
quelque pauvre qu'elle soit, chez qui, à un certain âge,
on ne trouve quelque chose en réserve ; et cela dans tous
les pays du monde.

Les vices qui apportent la misère aux femmes sont ordinairement ceux des hommes; c'est par eux qu'elles deviennent misérables, et cela aussi dans toutes les classes.
Une femme dépouillée l'est toujours par son mari ou son
amant ou son frère ou ses enfans, souvent même par des
étrangers, des inconnus. Si elle se ruine elle-même, c'est
à l'imitation des hommes et pour avoir fait comme eux.

Nous ne nous étendrons pas davantage sur ce sujet, queiqu'il puisse donner lieu à de longs développemens; mais de ce qu'on vient de dire, on peut conclure que malgré l'inactivité de la femme en général, et la modicité des sommes qu'elle rapporte à la communauté, la misère chez tous les peuples européens naît moins de ses fautes que des nôtres. C'est donc l'intelligence, la volonté ou le goût de l'économie qu'il faut donner à l'homme, et c'est l'esprit du travail, en lui en facilitant les moyens, qu'on doit inspirer à la femme. *Vouloir* et *prévoir* font partout la paix et l'aisance du ménage.

La misère, toutes les misères à très-peu d'exceptions près, naissent, subsistent et s'acclimatent par suite de cette double cause : absence de vouloir et oubli de calcul. On ne veut rien faire, on ne songe à rien, on vit au jour le jour. Aujourd'hui on est mal, et l'on est plus mal le lendemain; on s'identifie avec ce malaise, on y demeure et l'on expire sans même avoir économisé son suaire; et cela parce qu'on le veut ainsi.

L'indigence est donc toujours la suite de l'imprévoyance si elle n'est pas celle de l'inconduite.

A ces causes de pauvreté, il faut en ajouter une qui dépend moins directement du vouloir, bien qu'elle tienne aussi à l'imprévoyance : c'est la différence du prix d'achat, différence toute au préjudice du pauvre qui, partout, paie plus cher que le riche parce qu'il achète par petites portions et dans les magasins de débit où l'on ne vend que de troisième ou de quatrième main. Or, quand un objet a passé dans quatre mains pour arriver au consommateur, ces quatre mains ont fait nécessairement un bénéfice qu'en définitive ce consommateur paie; il rembourse à tous leurs avances et leurs impôts; et à tous il donne un gain; il le donnerait à dix et à vingt s'il y en avait dix ou vingt; et c'est ainsi qu'à la fin de l'année le pauvre a acheté en détail les objets de sa consommation le double de ce qu'ils coûtent en gros. Ajoutez à ce double déboursé les erreurs, les fraudes qui toutes sont au détriment du malheureux qui n'a aucun moyen de les reconnaître ou de s'en défendre.

Par quelques avances et quelques économies, il préviendrait un tel dommage et il éviterait en même temps le crédit qu'on lui fait, autre inconvénient, autre source de ruine. Le délai accordé n'est jamais gratuit : le vendeur s'en indemnise au taux des dangers qu'il court ou seulement des inquiétudes qu'il éprouve. Il ne prend pas d'intérêt peut-être, mais il réduit le poids ou ne donne que des rebuts, des articles vieux ou avariés. Si c'est pour la nourriture, cela ne nourrit pas ou nourrit mal; si c'est pour le vêtement, c'est de la dernière qualité et cela dure peu.

Si le crédit est de pure obligeance, si celui qui le fait n'en tire aucun profit, c'est alors une espèce d'aumône qui apprend à l'ouvrier à la recevoir, puis à la demander ou au moins à compter sur cette ressource, et qui l'empêche ainsi d'être prévoyant, qui peut-être même le porte à devenir le contraire. Quand on doit, on s'inquiète peu de devoir davantage : c'est seulement au jour du paiement qu'on en aperçoit la conséquence. Faire crédit au pauvre n'est donc pas toujours lui rendre service. Lui procurer une avance, n'est même pas, s'il en paie l'intérêt, un bénéfice réel, tandis que c'en est un pour lui et pour vous que de l'accoutumer à compter.

Ajoutons à ces deux causes de cherté une troisième qui n'est pas moins funeste : c'est que les trois quarts de l'impôt tombent sur la vente en détail ou sur la petite consommation; de sorte que celui qui consomme peu parce qu'il a peu, est plus taxé que celui qui a beaucoup; et qu'ainsi le contribuable paie d'autant plus qu'il est plus pauvre. Si vous en doutez, prenez les tarifs des contributions directes, indirectes, octrois, et de toutes les taxes locales, vous verrez qu'elles sont à peu près unanimement dirigées contre l'obole du pauvre et le denier de la veuve;

le riche échappe à une foule d'impôts, ou s'il les paie il
n'en fait que l'avance. Je ne prétends pas que telle a été
l'intention du législateur et que tel est le but de la loi;
mais tel est le résultat final et infaillible de son application. Ajoutez que l'esprit de fiscalité s'exerce plus facile-
ment et par suite plus activement, à mesure que l'individu
est plus faible ou la matière plus taillable.

Revoyez donc votre législation sur ce point; encouragez
les détaillans, les petits marchands, les fournisseurs du
pauvre; ne les écrasez pas d'entraves et de droits, puisque
ces entraves, ces droits tombent tous sur le malheureux.

Jusqu'à ce que ces heureuses réformes aient eu lieu,
le pauvre pour échapper à tant de plaies, aux prix de
détail, à l'intérêt usuraire du crédit et aussi à l'inconséquence de la loi, peut encore employer le raisonnement et la prévoyance, remède universel, et égaliser
ainsi jusqu'à un certain point les charges et les chances
de bien-être. Or, puisqu'un ménage, quelque nombreux
qu'il soit, est, avec une aisance modérée, plus riche que
dix ménages séparés, qui ensemble présenteraient le
double de revenu, pourquoi ces dix ménages n'en feraient-
ils pas un seul? Pourquoi ne se réuniraient-ils pas pour
leurs acquisitions de comestibles? N'est-il aucune fourni-
ture, aucun approvisionnement qui puisse se faire collec-
tivement? Est-il donc si difficile de s'entendre pour économiser, quand on est si vite et si souvent d'accord pour
dépenser? Ah! c'est que dans l'économie, il n'est question
que de l'existence; dans la dépense il s'agit du plaisir,
et partout le plaisir passe avant la vie. Quel parti cependant, ne pourrait-on pas tirer de ces associations de ménages, non-seulement pour l'épargne, mais pour l'har-
monie, l'instruction et la paix!

Qu'est-ce, chez nous, qui s'oppose à cette confraternité
d'intérêts? Un amour-propre mal entendu, la défiance,
l'envie, l'ignorance, l'absence de réflexion: on n'y a jamais
songé, cela ne s'est pas fait jusqu'à présent, donc cela ne

péut pas sé faire. Et cependant l'évidence est là. Si les
soldats ne s'associaient pas pour leurs repas, pourraient-ils
vivre avec leur faible paie et leur plus modique ration?
Les soldats, dira-t-on, ne le font que parce que la règle et la
discipline les y contraignent. Qu'importe; s'ils retirent de
cette discipline, de cette règle, un bien-être notable,
pourquoi ne seraient-elles pas appliquées aux établissemens publics et même particuliers?

Si les ouvriers étaient nourris dans les manufactures,
comme le sont souvent les journaliers chez les maîtres,
peut-être seraient-ils moins malheureux, peut-être même
le chef de fabrique y trouverait-il bénéfice. Entrés le
matin dans les ateliers, les ouvriers n'en pourraient sortir
que le soir et le maître se chargerait de les nourrir, ou
bien, chaque ouvrier, comme chaque soldat, mettrait
une somme, 15 ou 20 centimes, pour la chaudière du
jour; en donnant le double ou le triple, sa femme et
ses enfans pourraient être appelés à partager le repas; de
cet arrangement il lui resterait probablement quelque
chose à la fin du mois.

On a avancé que les pays les plus manufacturiers étaient
aussi ceux où le peuple semblait le plus pauvre, et à
l'appui, on a présenté toutes les villes de fabrique d'Angleterre, de France, de Belgique. A Gand, par exemple,
à l'époque même de sa prospérité, sur 34,000 habitans il
y avait 17,000 pauvres. Cela vient-il de la fabrique? Non,
car si l'ouvrier y gagne autant qu'il gagnerait à aller à la
journée, à bécher la terre ou à travailler chez lui, il
n'y a pas de raison pour qu'il soit plus misérable. Et
pourtant il l'est; et le motif, je crois, c'est que l'ouvrier
des fabriques est en général plus ignorant, moins industrieux, plus dépensier que le journalier. Celui-ci, changeant presque chaque jour de position ou de lieu de travail, de quartier, de maison, étant en contact avec d'autres états, d'autres hommes, a plus d'expérience de la
société, et par suite plus d'énergie contre ses chances et

ses douleurs. L'ouvrier des fabriques ne voit que l'atelier où il travaille; il l'a vu dès son enfance, et jusqu'à la mort il n'en verra pas d'autres. Entouré à toute heure d'ouvriers ignorans comme lui, qui comme lui n'ont jamais mesuré que la planche où ils sont et le fil qu'ils tissent, il n'a aucun moyen de comparer, de sentir; et l'eût-il, il n'a pas une heure de solitude ni par conséquent de réflexion, aussi ne réfléchit-il pas et ne donne-t-il rien à l'avenir ni à l'intelligence. L'habitude de faire toujours la même chose et une chose qui n'exige ni pensée ni calcul, ce cercle étroit où son ame est comme étouffée, cet état de machine, d'instrument passif, le réduit bientôt à une complète imbécillité.

Ajoutez que le travail excessif dont on accable les enfans dans quelques fabriques, les abrutit, et, pour leur vie entière, quand il ne les tue pas, les rend débiles de corps et d'esprit. Si l'on traitait les nègres dans nos colonies, ou les forçats dans les bagnes, comme les malheureux enfans sont traités dans les usines, si pendant tout le jour et une partie des nuits, on les attachait à une roue, à une manivelle; si privés de nourriture et de sommeil, ils l'étaient encore de religion et de toute espèce d'éducation et de bons conseils, que ne dirait-on pas des planteurs et des gouvernans? A quels anathèmes ne seraient-ils pas exposés; et combien ne les auraient-ils pas mérités? Eh bien! ce qu'on ne fait ni aux nègres ni aux condamnés, on le fait tous les jours, sous les yeux de tous, dans presque toutes les villes manufacturières de l'Europe! Puis l'on s'étonne que la population des fabriques soit malingre, idiote ou corrompue! On aurait bien plus sujet de s'étonner qu'elle ne le fût pas.

Il est donc certain que l'artisan libre ou travaillant isolément, est en général plus intelligent, moins dépravé et moins pauvre que l'ouvrier de fabrique. Ici encore la différence de moralité et de vouloir explique

celle de leur aisance. Mais l'infériorité de l'ouvrier de
fabrique vient-elle de la fabrique et du travail collectif?
Non; cette union des bras devrait bien plutôt amener
un résultat utile et faire pencher la balance de l'aisance
en faveur de ces derniers; s'il n'en est pas ainsi, c'est
que le bénéfice réel de la position est annulé par les
vices, par l'ignorance, par les mauvaises habitudes des
individus, et aussi peut-être par l'indifférence du maître qui tient moins aux hommes qu'à ses outils, quand
ils coûtent moins cher à remplacer. Parvenez, dans les
manufactures, à développer le moral de l'ouvrier à l'égal
de celui du journalier, il ne sera pas plus malheureux
que lui, et les pays de fabrique n'offriront pas plus de
pauvreté que les autres.

On a prétendu que l'invention ou le perfectionnement
des machines et surtout l'application de la vapeur à l'œuvre, étaient une source de misère. Sans doute les machines
rendent un grand nombre de bras inutiles aux fabriques;
mais les bras ne sont-ils nécessaires que là, et n'est-il que
des fabriques pour faire subsister les hommes? Ne subsis-
taient-ils point quand il n'y en avait pas? La matière tra-
vaillable est-elle épuisée, la terre entière exploitée?
Loin de là; l'agriculture, qui manque d'instrumens, réclame ceux qui sont inoccupés.

On répondra que l'homme accoutumé dès son enfance
à faire du drap, à tisser de la laine ou du coton, ne
peut plus devenir laboureur ou jardinier. C'est possible;
et l'emploi des mécaniques a pu causer un trouble mo-
mentané dans la vie de l'ouvrier; il a pu en ruiner, en
tuer même un certain nombre, mais le non-emploi de ces
machines les aurait tués de même et plus vite: c'était
seulement par elles qu'on pouvait soutenir la concurrence. Sans les mécaniques et la vapeur, toutes les manufactures seraient tombées en France, et sans fabriques
plus d'ouvriers.

Ces machines ne fussent-elles pas absolument nécessaires

pour soutenir la concurrence, serait-ce encore une raison de les proscrire? Est-ce l'intérêt d'une classe qui doit retarder l'avancement et le bien-être de toutes? Et chacun n'est-il pas libre d'employer dans son travail et son industrie les moyens honnêtes qui peuvent les faciliter et les rendre productifs? Repousser les machines de nos ateliers, c'est comme si l'on éloignait la charrue de nos champs. Certainement, en se servant de la bêche on occuperait dix hommes au lieu d'employer deux chevaux; mais serait-ce chose raisonnable et utile? Non, car si à la place d'une bêche, on donne à ces hommes un crochet, une pelle ou une houe, au lieu de dix il en faudra vingt, et quarante s'ils n'ont que leurs ongles. La charrue, la bêche, la pelle, la houe aussi, sont des machines. Or, point de milieu: tout ce qui facilite et hâte la besogne est nuisible ou bien est utile, et nulle différence pour le principe entre un semoir à un cheval qui fait l'œuvre de vingt semeurs, et une mécanique à vapeur de la force de vingt chevaux, qui fabrique autant que quatre cents hommes.

Songez que le pauvre comme le riche profite du bénéfice du perfectionnement. Si le vêtement qui lui coûtait 20 francs n'en coûte plus que 10, il a gagné 10 francs en ayant 10 francs de moins à dépenser. Appliquez la vapeur à l'agriculture, il y aura sans doute moins de garçons de charrues et de batteurs en grange; mais si le pain qui revient à six liards la livre n'en coûte plus que trois, la misère ou la gêne de l'ouvrier aura diminué dans cette proportion; et ainsi que nous l'avons fait remarquer, si le travailleur vit aussi bien en gagnant par jour 1 franc que s'il en gagnait deux, et s'il peut économiser la même somme, peu importe qu'il gagne 1 ou 2 francs; le bénéfice est réellement le même.

Il est une cause de misère que nous aurions dû citer parmi celles qui sont imposées ou générales; mais nous l'avons rapportée ici parce que c'est sur la carrière de l'artisan et spécialement sur son instruction comme

tel, qu'elle influe: je veux parler des armées perma-
nentes et des levées d'hommes qui servent à les alimenter.
Déjà nous avons présenté la guerre comme une source de
ruine et de désordre; mais la paix armée n'en produit
pas moins, car les habitudes d'oisiveté qu'elle laisse au
peuple ne le quittent plus. Les années que le jeune soldat
passe au régiment, années inutiles pour sa fortune, puisqu'il n'y économise rien et n'apprend pas grand'chose,
sont précisément celles qu'il aurait employées à se perfectionner dans son métier et à devenir maître. Quand
avec son congé il revient chez lui, il a oublié sa profession, ou il en a perdu le goût, et il la dédaigne ; il veut
être gendarme, douanier, garde-champêtre, et il aimerait
mieux encore n'être rien et rester fainéant. S'il ne peut
obtenir aucun de ces emplois, pressé par la faim, il re-
prend forcément son état; il le fait mal et il est probable
qu'il ne le fera jamais mieux. Le voilà donc médiocre ou
incapable, et par conséquent pauvre pour toute sa vie, et
avec lui la femme qu'il unit à son sort. La conscription
agit donc essentiellement sur l'avenir et le bien-être de la
famille.

Peut-être même ce triste résultat du retour du soldat
s'est-il déjà fait sentir à son départ, car l'absence d'un fils
suffit pour désorganiser l'atelier de son père; et voilà une
famille, une génération peut-être, qui de l'aisance passe
à la misère. Ceci est un grand mal dans un gouvernement,
quel qu'il soit.

En reconnaissant que la levée des jeunes soldats a
ses inconvéniens et qu'ils sont graves, nous ne voulons
pas dire qu'il faille en France se passer d'une force mili-
taire, et qu'alors que toute l'Europe a le glaive nu, nous
puissions le remettre dans le fourreau. D'ailleurs, cette
conscription si dommageable pourrait elle-même être une
source d'aisance, si nos casernes devenaient des colléges
pour l'éducation du peuple, ou des ateliers pour son ap-
prentissage au travail, si la bourse du soldat s'augmentait

. 4

par son industrie, et si, en quittant son régiment, il lui res-
tait avec un petit pécule un peu d'instruction et d'amour
de bien faire. Il serait facile de parvenir à cela, et, d'un
mal, faire sortir un bien.

Il est sans doute beaucoup d'autres causes de misère ;
mais les limites de ce simple exposé ne permettent pas
de développer toutes les parties de la question. D'ailleurs,
elle se résume en entier dans celle que nous avons
réservée pour la dernière, et qu'aussi nous approfon-
dirons davantage.

La misère, avons-nous dit, n'est pas ; nous la faisons.
En effet, comment serait-elle? Elle n'est pas pour les animaux : un animal n'est ni riche ni pauvre ; et sauf dans
quelques espèces qui amassent et conservent, la propriété
n'est pour lui que dans la possession du moment ; la valeur
qu'il y attache dépend de la mesure de son appétit ; la
faim satisfaite, il abandonne le reste. Ce qu'il trouve lui
appartient donc, comme il appartiendra à celui qui le
trouvera après lui, ou qui, plus fort ou plus hardi, s'en
emparera malgré lui. Mais qu'il le trouve ou qu'il le
prenne, l'obtient-il sans labeur et le rencontre-t-il toujours sur ses pas? Non ; il faut qu'il le cherche, il faut qu'il
le poursuive et qu'il l'attrape, il faut qu'il chasse. Il
travaille donc, il gagne ce qu'il mange. Si la misère est la
nécessité de travailler pour vivre, on voit qu'il n'est aucune créature que cette nécessité n'atteigne, chez qui elle
ne soit à demeure, pour ainsi dire, et chez l'être humain
comme chez les autres.

Tout homme naît pour travailler ; en vain il sera l'hé-
ritier d'une couronne : roi ou artisan, un jour peut venir
où ses bras seront sa seule ressource. Ainsi, point de dis-
tinction, nul privilège parmi les créatures, dans leur desti-
nation au travail. Excepté la mère son nourrisson et le
fils son vieux père, aucun être n'est tenu d'en sus-
tenter un autre ; c'est une obligation absolue pour
chacun de gagner sa nourriture et d'en conserver une

part pour le jour où il ne la gagnera plus ; car, encore
une fois, ce n'est une loi pour qui que ce soit de la gagner
pour autrui, ce n'est pas même un instinct ; l'animal ne
porte un morceau de sa proie qu'à sa femelle et à ses
petits, jamais à son voisin.

On sentira que je n'envisage ici la question que sous ses
rapports généraux ; ou si l'on veut sous son aspect politique et matériel. Il est un sentiment, l'un des plus
nobles de la nature ; celui de la pitié, qui nous indique
de secourir autrui, et la religion nous en fait un devoir.
Mais sans nier le mérite de la bienfaisance, quand elle
est réelle ou appliquée avec discernement, ne pouvons-
nous pas demander si cette individualité brute, cette dé-
marcation de l'état primitif, cette probité égoïste qui ne
prend rien à personne mais aussi ne lui donne rien, n'est
pas de fait moins préjudiciable à l'ensemble et au malheureux lui-même que la générosité qui donne mal, ou ce
qui est pis, qui donne pour encourager au mal, car c'est
l'encourager que d'aider à transgresser la loi ; et si l'humanité nous dit de faire l'aumône, l'équité nous défend
de la demander, quand nous pouvons travailler. Tu ga-
gneras ton pain à la sueur de ton front, a dit l'ange à
l'homme, et il a bien dit. Si la nécessité nous force au
travail, le travail est le père de l'intelligence et de l'industrie. Là où l'on ne laisse rien prendre à l'oisif et où
l'on ne donne point au mendiant, il n'y a bientôt plus
que des gens actifs et occupés. Quand un individu, quel
qu'il soit, ne voit que lui qui s'intéresse à lui, quand il
faut, sous peine de mourir, qu'il soit prévoyant et laborieux, il le deviendra, n'en doutez pas.

Ce malheureux qui ne connaît aucun métier et qui
n'en veut pas apprendre, qui a vaqué toute sa vie sans
rien faire, mettez-le dans un pays où tout le monde travaille, où, dès qu'il tend la main, chacun s'aperçoit que
cette main est valide, la faim venue il s'en apercevra lui-
même, il avisera au moyen d'utiliser cette main.

Le petit Savoyard qui danse et chante dans la rue, pourquoi le fait-il? C'est qu'il a vu qu'ainsi il obtenait plutôt un sou ou un morceau de pain, qu'en l'attendant couché sur la borne; c'est qu'il a compris que sans peine il n'y avait point de salaire; il s'efforce donc d'amuser le passant qui, s'il y parvient, devient son débiteur. Le chant et la danse de cet enfant sont une bien faible industrie, mais c'en est une; tout inutile qu'elle est, elle vaut cependant mille fois mieux que la paresse et l'oisiveté. Si vous êtes humain ne donnez donc jamais à un enfant qui demande, sans en exiger quelque chose en retour, ne fût-ce qu'un travail d'un quart-d'heure, un petit service, ou toute autre tâche aisée : cela lui fera connaître les principes de l'échange, le droit d'un labeur et le profit qu'il en doit tirer.

On ne peut qu'applaudir à ces peuples chez qui chaque mère ne donnait à déjeuner à son fils que lorsqu'il l'avait mérité. Sans doute elle lui rendait ce mérite facile. Pourquoi ne ferions-nous pas ainsi? Pourquoi n'inculquerait-on pas au plus petit enfant, qu'il doit compter sur lui avant de compter sur les autres? Pourquoi, dans nos colléges comme dans nos maisons, ne lui ferions-nous pas acheter son pain par un léger travail manuel? Pourquoi encore, sous notre régime d'égalité, tout enfant ne naîtrait-il pas ouvrier, comme il naît soldat ou écolier? Pourquoi ne gagnerait-il pas sa journée ou ne croirait-il pas la gagner? Cela le conduirait à des habitudes d'ordre et de prévoyance. Convaincu qu'il ne peut conserver son indépendance, sa vie même, que par un effort quelconque, il ferait cet effort, et, dans tout le reste de sa carrière soigneux de l'avenir, utile à lui-même, il le serait encore à l'ensemble, ne fût-ce que par son exemple.

Le premier homme, ou si l'on veut, le premier riche, n'a eu que ses bras et la possibilité de travailler; tout avoir, toute opulence part de là, il faut que chacun l'apprenne et ne l'oublie pas. Du préjugé contraire; c'est-à-

dire de celui qu'une partie de la population doit, sans
condition, nourrir l'autre, naîtra infailliblement la ruine
de toutes les deux. Partout où il y a une prime pour le
désœuvrement, chacun se croit dupe en faisant quelque
chose. L'homme ne travaille point volontairement; dès
que vous lui laisserez entrevoir un moyen de vivre sans
rien faire, il le saisira; et il le saisira encore si par là il vit
à moitié. Oui, il aimera mieux mourir en détail en ne travaillant pas, que bien vivre en travaillant modérément.

Si ceci est exact, il est évident que nourrir, sans en
exiger un travail, un individu valide, c'est nuire à la
société; c'est nuire à cet individu même, c'est l'habituer
à la paresse, à l'inertie; et arrêter le développement de
ses facultés; c'est ouvrir enfin, si ce n'est pour lui, au
moins pour ceux qui le suivront, un gouffre de vices et
de maux.

Je n'hésite donc pas à le dire, une des causes les plus
actives de misère et de corruption, celle qui les alimente,
les étend, les éternise, c'est l'aumône mal faite. Un sou
donné au vagabondage, à l'ivrognerie, fait peut-être un
malfaiteur, et sûrement un fainéant. Dès qu'un homme
a tendu la main et qu'il a trouvé profit à le faire, il
est probable, il est certain même qu'il la tendra encore;
car lorsque la honte n'est plus au cœur, tendre la main
est de tous les mouvemens le plus facile. Et songez qu'en
ne donnant à cet homme que le dixième ou le vingtième
de sa nourriture du jour, vous l'obligez à aller chercher
le reste ailleurs, conséquemment à y faire contribuer
dix-neuf autres personnes. Je ne vous dis pas pourtant
de ne rien mettre dans cette main, mais au lieu de
déposer un liard, un sou, un franc même qui, ainsi
donné, n'est plus que du poison pour le malheureux
qui le reçoit, mettez un outil dans cette main et une
consolation dans ce cœur.

L'aumône fait les mendians, c'est une vérité qui ne
peut être révoquée en doute; mais, est-ce la misère qui

amène la mendicité, ou la mendicité qui produit la misère? Question à résoudre. Quant à moi, je crois que l'une
s'accroît par l'autre, quoique souvent la mendicité précède
la pauvreté. On peut être mendiant sans être pauvre,
et c'est ce qui se voit fréquemment dans les villes où
il est des mendians plus riches que ceux qui leur
donnent, mendians par spéculation et non par besoin.

On peut aussi être pauvre sans être mendiant; et la
pauvreté n'est pas toujours où elle semble être; par
exemple, les pays où elle est le moins apparente sont
ceux qui sont soumis au despotisme, bien qu'elle y soit
effectivement plus réelle. C'est que là, l'homme est
mort avant qu'il ait pu se plaindre.

Pourtant la question n'est pas ordinairement envisagée
ainsi. Ce que la foule regarde comme la preuve de la
misère, c'est la mendicité. Où il y a le plus de mendians,
elle dit qu'il y a le plus de pauvres. Sans doute cela
arrivera; mais le fait n'est pas immédiat, et le fait de
mendier ne démontre pas la pauvreté.

Le grand nombre de mendians sur un point annonce
seulement qu'il y a là quelqu'un qui donne. Où tout le
monde est pauvre, personne ne mendie.

La mendicité naît donc, non pas de la misère ou de
la stérilité, mais au contraire de l'abondance et de la
facilité d'obtenir quelque chose sans le gagner par le
travail; on la doit ainsi à ceux qui aumônent au
hasard, aux portes et dans la rue. La certitude en est
aisée à acquérir : qu'un individu charitable ou croyant
l'être aille s'établir dans un pays où il n'y a pas un mendiant, que cet homme annonce qu'un jour par semaine
il donnera un liard et un morceau de pain à tous ceux
qui se présenteront, vous pouvez être assuré qu'à la fin
de l'année il y aura des mendians dans ce pays quelque
fertile qu'il soit, et qu'après deux années, ces mendians
seront devenus de véritables pauvres, ou bien s'ils ne
le sont pas, qu'ils en auront créé près d'eux. Ainsi, cet

L'homme aumônier, cet homme à bonnes intentions, loin
d'avoir été profitable au pays, y aura amené la mendicité qui a engendré la paresse, mère de la pauvreté. Cet
homme au lieu d'avoir donné au peuple lui a pris; car
pendant le temps que ce peuple a perdu pour venir
chercher un liard et un morceau de pain, il aurait gagné,
en travaillant, deux liards et deux morceaux de pain.

Si l'on réfléchit sur ce qui précède, on peut en dé-
duire, et la chose est malheureusement trop vraie, que
la mendicité, ou même la misère réelle, croît toujours
en raison de ce qu'on lui abandonne, c'est-à-dire de ce
qu'on lui paie à elle-même pour l'éteindre.

A l'appui de ceci, les preuves ne nous manqueront
pas.

D'abord, si nous examinons l'état de la question chez
nos voisins, ou même parmi les divers cultes ou sectes
qui vivent chez nous, nous pourrons estimer la quantité
de pauvres et de mendians d'après le nombre de ceux
qui les nourrissent et aussi d'après la législation existante,
c'est-à-dire d'après la nature et l'exécution des lois et
des préceptes qui défendent ou prescrivent d'aumôner.

Chez nous, catholiques, l'aumône est recommandée
comme une vertu éminente, même comme la première
de toutes. Le principe est vrai et bon si l'on en sai-
sissait l'esprit; mais pris dans son sens matériel et exé-
cuté sans choix, sans intention, sans charité, il doit créer
et crée effectivement beaucoup de mendians. Proportion
gardée, c'est donc chez les catholiques qu'on en voit le
plus.

Chez les protestans, sauf l'Angleterre, on n'en trouve
pas autant; parce que leur religion attache moins de
mérite, moins d'indulgence, moins d'expiations à l'aumône.

Parmi les Juifs, on rencontre beaucoup de vagabonds,
de brocanteurs, de gens à métier douteux. Partout où il
y a à vendre ou à acheter, on voit un Israélite, partout

où il y a deux deniers il en gagne un, mais rarement il
le sollicite en pur don, ou s'il le fait, s'il mendie, c'est
pour cacher d'autres projets; bref, ce denier il le gagnera
toujours par un travail, un calcul, une opération quelconque; aussi avec l'extérieur de la misère, dans le pays
le plus fécond comme dans le plus stérile, le Juif vit,
économise, entasse, il est rarement pauvre et presque
jamais mendiant, du moins, par état et par besoin. Pourquoi ne l'est-il pas? C'est que personne ne lui donne;
les Chrétiens, parce qu'il est Juif, et les Juifs parce que
leur religion ou leurs préjugés le leur défendent; chacun,
chez eux, doit vivre de ses efforts, de son travail, et il
en vit.

Ils s'entr'aident en secret, dit-on. C'est vrai, mais jamais gratis; ils ne font pas la charité, ils la prêtent;
l'aumône entr'eux, n'est qu'une transaction, une assu-
rance mutuelle; enfin, à ses co-religionnaires comme à
l'étranger, un Israélite ne donne rien pour rien. Il a
raison jusqu'à un certain point, car à donner mal, personne ne gagne, pas même celui qui reçoit.

L'Arabe, le Bédouin ne fait pas l'aumône, il ne la
demande pas; il offre ou accepte un présent. Là, chacun
conserve sa dignité d'homme; c'est encore un échange,
une spéculation réciproque; celui qui a reçu est tenu de
donner à son tour, soit en nature, soit en service. Le do-
nateur a fait une espèce de placement ou de dépôt, pour
le montant duquel il peut tirer à vue sur l'obligé. Quant
au voyageur, au vagabond si vous voulez, il l'admet à sa
table, il le fait manger de son pain, goûter de son sel.
C'est pour lui, non pas seulement une bonne œuvre et
une charité, mais un devoir. L'étranger, il n'y a pas
d'autre pauvre en Arabie, ne réclame même pas la per-
mission de s'asseoir; il voit qu'on dîne, il a faim, il vient
prendre sa part du repas comme il irait au puits s'il avait
soif. Encore ici, l'homme est respecté; il n'y a pas orgueil d'un côté, il n'y a pas bassesse de l'autre. Cela vaut

mieux que chez nous où l'on donne moins au malheureux
qu'on ne lui jette, où, en le nourrissant, on le dégrade. Or,
l'humiliation mutile un homme comme la hache, plus
que la hache peut-être; oui, le déconsidérer à ses propres
yeux, c'est lui couper les bras, c'est lui écraser le cœur.
Le pays de l'Europe où il y a le plus de misère, c'est
l'Angleterre; c'est aussi celui où l'on a toujours donné
le plus. La taxe pour les pauvres, élevée progressivement
jusqu'à 200 millions de francs, n'a fait qu'en augmenter
la masse. Cela fût arrivé partout ailleurs.

La France est au contraire l'état européen où il pourrait y avoir le moins de misère, où peut-être il y en a
effectivement le moins; mais, nous l'avons déjà dit, c'est
celui où l'on voit le plus celle qui y est, parce que cette
pauvreté réelle ou fictive ne perd aucune occasion de se
montrer, que le mendiant y est partout, et partout comme
sur son héritage, comme en pays conquis. Ce n'est pas une
faveur qu'il demande, c'est un droit qu'il maintient, un
impôt qu'il lève; c'est le prix de la peine qu'il prend de
vous demander. Demander est son métier, il n'en connaît pas d'autre, il n'a jamais travaillé, il n'a pas l'idée
qu'il doive le faire ou même qu'il le puisse; la proposition qu'on lui en ferait lui semblerait aussi ridicule, aussi
impertinente qu'elle le paraîtrait à un gros rentier ou à
un paralytique; et cela, dans un pays où ce mendiant
a journellement l'occasion de s'occuper.

Dans nos départemens les plus riches, les plus suscep-
tibles de fertilité et d'abondance, dans ceux-là même
où l'on a le plus besoin de bras, le Nord, le Finistère,
le Morbihan, la Somme, c'est là où les mendians pullulent, où ils sont même devenus redoutables. Parcourez
nos campagnes; le fermier épouvanté s'y voit à toute
heure entouré de hordes de vagabonds, jeunes et robustes,
qui, la torche d'une main et tendant l'autre, ne lui lais-
sent le choix qu'entre la contribution ou l'incendie.
Oui, voilà où nous sommes arrivés par notre système de

distribution d'oboles, ou de ce qui ne peut ni enrichir
ni nourrir. Quand nous ne cédons pas à la peur, nous
cédons à l'importunité et à l'impatience ou bien à notre
amour-propre; nous donnons pour qu'on le voie ou pour
qu'on nous laisse en repos, nous donnons de colère et
au mauvais sujet qui, à nos yeux, dépensera notre don
en eau-de-vie, tandis que nous laisserons mourir de
faim le véritable pauvre, parce qu'il n'est ni effronté, ni
important, ni menaçant. Dans tout ceci, point d'humanité,
nul amour du bien public, nulle réflexion; et cependant
nous devrions faire celle-ci : ou celui à qui nous donnons est un infirme, un vrai pauvre qui ne peut travailler
et qui n'a ni pain, ni vêtement, ni logis, et notre denier
ou même notre franc n'est point en rapport avec ses besoins et n'y remédie qu'imparfaitément; ou bien, c'est un
homme sain et capable qui mendie parce qu'il veut mendier ou encore parce qu'il ne trouve pas à travailler :
dans le premier cas, c'est à nous, par l'exemple et le raisonnement, à changer son caprice, son mauvais vouloir;
dans le second, c'est encore à nous à lui donner du travail et à ranimer son courage.

Nous avons dit plus haut, que la misère des trois quarts
des pauvres de nos pays civilisés, tient à leur volonté
ou plutôt à l'absence de volonté; ils ne veulent point
travailler, ou en travaillant ils ne veulent rien faire
de ce qui pourrait les faire vivre de leur travail. A ce
sujet, j'ai questionné plusieurs centaines d'individus
de tout âge, de tout sexe, mendians ou pauvres honteux, et il n'en est pas un dans la vie duquel je n'aie
reconnu une cause volontaire de misère; plusieurs
en convenaient, quelques-uns s'en faisaient gloire; beaucoup regardaient leur état comme une fatalité; d'autres
comme une position, même un privilége.

La réponse que vous fera l'individu valide qui demande l'aumône, est celle-ci : je n'ai point de travail. En
cela il y a vingt à parier contre un qu'il vous trompe :

ou il a abandonné le travail qu'il avait, ou il n'en a pas
cherché lorsqu'il n'en avait plus, ou bien il a refusé
celui qu'on lui proposait; enfin, il n'a pas fait ce qu'il
pouvait faire pour éviter de tomber dans une position
fâcheuse, ou pour en sortir quand il y a été.

Je suppose qu'on soit obligé de mendier un jour, ce
n'est pas une raison pour qu'on le soit encore le lendemain. Mais il est rare qu'on mendie pour un temps; et
après avoir mendié, bien peu d'individus retournent à
leur métier ou à un métier quelconque. Le mendiant de
ce jour, le sera le jour suivant, le sera toujours.

Pour toucher à fond cette question et arriver à une
conclusion, voyons d'abord quelles sont les professions
d'où sortent les mendians, c'est-à-dire celles dont on ne
peut pas vivre quand on veut les faire honnêtement ou
avec le soin qui détermine l'acheteur et maintient la
pratique. Sont-ce les charpentiers, les menuisiers, les
serruriers, les cordonniers, les tailleurs? Non, sur cent
pauvres que vous interrogerez, il n'y en a pas quatre qui
sortent d'un de ces métiers ou qui les sachent faire.

Sont-ce les charbonniers, les portefaix, les manœuvres
et autres travaillant en communauté? Rarement, car la
communauté les soutient.

Sont-ce les maçons, les couvreurs, les plafonneurs, les
peintres en bâtimens? Partout ils trouvent de l'ouvrage.

Sont-ce les laboureurs, les jardiniers, les bergers, les
garçons de ferme, enfin tous ceux qui tiennent à l'agriculture? Moins que tous les autres; on en manque, on
les recherche, on se les dispute.

Il est donc des états qui ne conduisent jamais ou
presque jamais à la mendicité. Quels sont ceux qui la
produisent? Nous répondrons bientôt à cette question,
mais avant nous devons la diviser en causes générales et
en causes individuelles, et nous ferons observer, que s'il est
quelquefois des circonstances qui rendent improductive
une branche d'industrie, ce sont là des accidens et non des

positions durables. Or, ces plaies vivaces et ces malheurs
indépendans du vouloir de ceux qui les éprouvent sont
rares, il faut les prévoir et y remédier.

Dans les villes de fabriques, la fermeture d'un ou de
plusieurs ateliers jettera quelquefois sur le pavé un grand
nombre d'individus. Si l'autorité, si les citoyens ne se
réunissent pas à l'instant pour venir à leur secours, si on
ne leur procure pas de travail avant qu'ils aient besoin
de pain, beaucoup certainement demanderont l'aumône.

Je suppose que cela arrive, c'est-à-dire que l'administration ne soit point prévoyante ni les citoyens
humains, pensez-vous que tous ces ouvriers resteront
mendians? Non; ils se créeront des ressources, et c'est
à peine la dixième partie qui, huit jours après la chûte
de l'établissement, sera encore vagabonde et affamée.

Et cette dixième partie, de quoi se compose-t-elle?
Immanquablement des mauvais sujets, des ivrognes, des
paresseux ou des infirmes. Nous mettons ces derniers hors
ligne et nous en parlerons plus tard ainsi que des enfans, classe secondaire de mendians qui, créés par les autres,
marchent à leur suite et sont de fait mendians involon-
taires. Ce ne sont donc pas encore, sauf ces exceptions,
les manufactures qui font ordinairement les mendians.

Enfin quels sont les états qui les produisent?

Ce sont les états qu'on cesse de faire, et non ceux qu'on
fait, parce qu'il n'en est peut-être pas un seul, du moins
parmi ceux que nous venons de citer, qui, suivi avec
constance, ne nourrisse un homme et sa famille.

Mais si aucune œuvre, aucun labeur n'enfante la mendicité, quel est l'ouvrier qui, cessant de l'être, renonce
à son métier pour devenir mendiant?

Ici, il est difficile de répondre nettement, car s'il n'est
pas de profession qui mène à la pauvreté, il peut sortir
des pauvres de toutes les professions. C'est généralement
à la suite des états faciles qu'on en rencontre le plus,
parmi les aides, les servans des autres ouvriers, ou chez

les individus qui, n'ayant pas de métier habituel, vont
de l'un à l'autre sans tenir à aucun. Plus vagabonds
qu'artisans, plus paresseux que travailleurs, à bien dire
ceux qui mendient, nés mendians, fils de mendians,
n'ont jamais eu d'état ; quelques-uns en conviendront et
sembleront s'en plaindre. Ah ! si j'avais un état, s'é-
crieront-ils !— Et pourquoi n'en avez-vous pas ?— On ne
m'en a jamais appris. Telle est leur réponse. Est-elle
vraie ? C'est possible ; mais il est également probable
qu'ils n'ont pas voulu l'apprendre, et qu'ils ne le veulent
pas encore ; car s'il est des professions qu'on n'apprend
qu'à la longue et par des études commencées dans la
jeunesse, il en est d'autres qu'on acquiert à tout âge. Il
est donc à peu près certain qu'un homme qui veut
savoir un métier et qui veut le faire, le saura et le fera.

Mais, par une circonstance imprévue, ce métier est-il
arrêté ou devient-il improductif, n'est-il pas pour l'artisan
quelque refuge, quelque ressource, quelque voie d'exister,
autre que celle de mendier ? Les travaux du gouvernement, le creusement des canaux et des ports, l'entretien
des routes, les terrassemens, les transports de terre, etc.,
n'offrent-ils pas du pain, et quelle est l'administration pru-
dente qui refuse ce pain à celui qui demande à le gagner
honnêtement, qui le demande avec instance ? Si elle pro-
nonce ce refus c'est une faute, c'est un déni de justice.

Si l'État ne fait pas travailler dans cette localité, si
cet individu sans ouvrage n'a pas la possibilité d'en aller
chercher ailleurs, qu'il s'offre à un propriétaire, à un manufacturier, au premier venu, à celui à qui il aurait
demandé l'aumône, qu'il réclame de sa raison l'emploi
de ses bras inoccupés et le salaire de leurs efforts, n'a-t-il
pas la chance de l'obtenir ? Si ce propriétaire, ce fabri-
cant, ce passant est humain, il sentira qu'accueillir cette
réclamation est un devoir. S'il n'est que calculateur, il
calculera que c'est un profit, et, puisqu'il faut que cet
homme vive, qu'il vaut mieux le faire vivre en travaillant que de le nourrir sans travailler.

J'admets que cet ouvrier sans travail ne puisse en obtenir ni du gouvernement, ni des particuliers, qu'il en ait vainement appelé à leur humanité et à leurs calculs, ne peut-il devenir porteur, commissionnaire, etc.? Partout où il existe un public, une réunion d'hommes, il en est qui ont besoin du service et des sueurs des autres, et qui, pour se dispenser d'une peine, sont disposés à la payer.

De ceci nous tirons encore cette induction : que tout mendiant, je parle du mendiant jeune et valide, l'est parce qu'il veut l'être ou parce qu'il n'a pas fait tout ce qui dépendait de lui de faire pour ne l'être pas. Or, s'il ne l'a pas fait, c'est qu'il n'y a pas été contraint par une nécessité absolue, par un péril réel, c'est qu'enfin il a cru superflu de le faire, puisqu'on le faisait vivre quand il s'en dispensait. Cependant, il est évident que l'homme qui n'a rien et qui ne fait rien, vit aux dépens de celui qui a quelque chose ou qui fait quelque chose. Point de milieu : il faut gagner sa nouriture, la recevoir ou la prendre. Tout fainéant, s'il ne possède rien, est une sangsue ou un voleur, et dans l'un ou l'autre cas, il est à charge à quelqu'un et à l'ensemble.

Si ce raisonnement est logique et si l'on admet également que personne ne doit vivre de la substance d'autrui, dans un pays où les droits sont égaux et les devoirs réciproques, on ne devrait permettre l'oisiveté qu'à celui qui pourrait justifier de ses moyens d'existence, et il n'y faudrait tolérer la mendicité sous aucun prétexte, sous aucune forme.

Punir ceux qui donnent serait sans doute bien sévère, d'ailleurs peu praticable et quelquefois injuste, parce qu'on ne donne pas toujours mal; mais ce serait à nos moralistes, à nos pasteurs, à nos magistrats, à faire concevoir au peuple ce que c'est que l'aumône, comment il doit la faire, comment il peut la demander et la recevoir, et apprendre à chacun à distinguer quel est le don qui

fait vivre, qui enrichit, qui rend meilleur, et quel est
celui qui appauvrit et qui corrompt.

C'est seulement ainsi que vous vous préserverez vous-
mêmes de la contagion, que vous en sauverez vos familles
et des populations entières; car, n'en doutez pas, la misère
est épidémique, elle se gagne, elle s'envenime et croît
sans cesse. Un père misérable va créer quatre enfans misérables, et chacun d'eux en créera quatre autres. Voyez
où le mal s'arrêtera. Qui fera l'aumône quand il n'y aura
plus que des mendians? Et qui conservera quelque chose
quand la balance de ceux qui n'ont rien l'emportera sur
ceux qui possèdent? Or, ceci ne peut manquer d'arriver;
car, outre la génération ordinaire, il est encore en France
une voie de propagation des malheureux, une cause qui
fait qu'ils pullulent et qu'une seule tête de mendiant
implante dans une localité la mendicité pour long-temps,
pour toujours peut-être : cette cause la voici.

Nous avons dit que dans la plupart des ménages la
femme et les enfans ne versaient rien à la communauté,
qu'ils étaient un sujet de dépense et non de gain. Il
n'en est pas ainsi chez le mendiant; chez lui, rien ne consomme sans rapporter. Il fait de ses enfans une spéculation, un produit sur lequel il compte si bien, que s'il
n'en a pas, il en emprunte ou il en vole; il les porte partout comme preuve de sa misère; comme passeport,
comme enseigne; il fait appuyer ses demandes de leurs
cris, de leurs plaies qu'il crée ou simule. Enfin, dès
qu'ils naissent, il en trafique.

Peuvent-ils marcher, sa spéculation s'étend; il les
dresse à l'aumône, c'est-à-dire à l'obtenir par eux-mêmes;
il leur apprend la mendicité comme on enseigne un
métier à d'autres; il les détache sur les passans, il les jette
aux promeneurs, il les pousse à toutes les portes. Heureux s'il ne les mutile pas pour activer la pitié et rendre
sa quête plus assurée, plus abondante.

Leur éducation et ses ressources ne se bornent pas là;

l'âge venu, il les lance au loin, il leur assigne un quartier, une ville, une commune, un arrondissement; il les
taxe à tant par jour, tant par heure, et il les châtie ru-
dement quand ils n'ont pu se procurer le nombre de
liards qu'il en attend. De son côté, la femme surveille
l'exécution de ses ordres, ou bien elle va exploiter pour
son compte. Tels sont chez nous les mendians; tels sont,
à quelques nuances près, tous ceux qui courent l'Europe;
presque tous sont nés mendians, et, de même qu'en
France, ils se recrutent par la descendance naturelle, et
aussi, comme les Mameloucks, par la conquête et l'a-
doption. Partout ils s'entendent, ils s'entr'aident, ils
opèrent de concert et en famille, et ils gagnent ordinairement d'autant plus qu'ils sont plus nombreux.
Ils ont donc en cela un intérêt directement contraire
à celui de l'ouvrier, et ils ont profit à avoir le plus
possible d'enfans réels ou adoptifs, qui sont pour eux
d'un rapport certain, quand ils sont pour l'autre un sujet
de dépense.

Cette différence de position tend à diminuer toujours
le nombre des travailleurs et toujours à augmenter celui
des mendians. Aussi, il y en a plus qu'il n'y en avait il
y a dix ans, et dans dix ans il y en aura probablement
plus qu'aujourd'hui; et cela au détriment de toutes les
classes laborieuses et notamment des moins aisées.

Déjà nous avons dit que la mendicité n'est pas la misère, mais ce qui la fait naître. Nous ajoutons: les mendians ne sont pas les pauvres mais ceux qui les créent.
Consommant sans produire, lèpre attachée au corps social, ils le rongent et le minent; et comme les membres
les plus faibles succombent les premiers, ce sont les artisans qui sont réellement les premières victimes. Non-
seulement ils perdent ce que les mendians leur soutirent,
mais encore ce que ces mendians arrachent aux plus
riches qui se croient dispensés de payer le travail quand
ils ont gratifié le désœuvrement. La mendicité devient

donc une double cause de ruine; elle nuit par sa propre
stérilité et encore par celle qu'elle détermine, par les
exemples qu'elle donne, par les prosélites qu'elle fait.
C'est une espèce de réaction contre l'œuvre, et de marche
rétrograde de la civilisation; car la mendicité a son code
de paresse qui, en repoussant le travail, maintient l'i-
gnorance et avec elle toutes les superstitions et tous les
vices bas et honteux. Il est des familles de mendians
dont la dégradation est telle qu'ils diffèrent peu des
animaux.

Arrachons donc ces pauvres gens à leur étable et ren-
dons-les à la race humaine; et pour cela faisons cesser
leur oisiveté et leur vagabondage : occupons-les. Que
l'administrateur, que le propriétaire, que le citoyen,
dans l'intérêt du pays comme dans le sien propre, fasse
travailler le pauvre; là est le palliatif de tous nos maux; là
est le secret de tout gouvernement, la garantie de la prospérité, de la richesse, de la liberté. La nation la plus riche
est celle qui travaille le plus utilement, parce que toujours
occupée elle ne dissipe pas, qu'elle ne se corrompt pas
et que si elle pense, elle pense juste; c'est alors aussi
la plus indépendante. Le véritable peuple souverain est
donc le peuple bon travailleur. Ce sont ces principes
que nous allons développer dans cette dernière partie.

Nous avons indiqué les principales sources de la misère;
ses causes, outre celles que nous avons considérées comme
générales et accidentelles, sont :

L'ignorance ou le faux savoir;

L'absence de volonté ou la paresse;

Le défaut d'ordre et l'inconduite;

L'ivrognerie;

La mendicité ou l'aumône qui la produit.

Les remèdes peuvent être :

L'instruction, et la moralité qui en est la suite;

La volonté ou le travail;

La liberté ou l'industrie;

Le gain légitime ou le salaire;

L'interdiction de l'aumône aux portes ou dans la rue;

Les dons utiles et conditionnels.

Or, avons-nous jusqu'à présent tenté sérieusement d'appliquer un seul de ces remèdes? Nos lois, nos institutions sont-elles propres à opposer une digue au débordement, quand ces lois, ces institutions, véritable chaos, se combattent et s'entredétruisent; quand la coutume annihile la règle, quand les commentaires tuent la loi, lorsqu'avançant d'un côté nous reculons de l'autre, et qu'en résumé, après une grande agitation, nous nous retrouvons toujours au même point? Enfin, l'administrateur comme l'administré, la réflexion comme le caprice ou la mode, veulent le bien, le préconisent; l'annoncent; le préparent; mais arrivés là, nul n'a le temps ni le courage d'aller plus loin; on remet toujours au lendemain;

Cependant le premier soin, le premier devoir de quiconque raisonne, ne devraient-ils pas être contre ces plaies ou contre la faim qui les représente toutes? Avant de donner au peuple des spectacles et des monumens, ne faut-il pas lui donner du pain, c'est-à-dire le moyen d'en gagner? N'est-ce pas là le premier degré ou la base de toute association équitable, de toute fondation sérieuse, de toute régénération morale? Sans pain, où est la nation; où est sa force et son avenir? Quel est son code? Celui de la faim, c'est la violence; c'est le meurtre, c'est l'assassinat, c'est la rage de la brute. D'un homme à un loup, quand l'un et l'autre sont affamés, où est la différence?

Il faut toute la force de nos habitudes, de notre respect pour la loi, ou peut-être toute la crainte de la prison et du bagne, pour empêcher, dans nos villes, la misère de se ruer journellement sur la richesse; et le plus grand miracle de notre société, est que les actes de violence, tout fréquens qu'ils sont, ne le soient pas plus encore, et que la moitié de la population ne dévore pas l'autre.

Nous avons présenté la douleur et le besoin comme
servant à tenir l'être éveillé; mais après ce réveil, lorsque
la douleur a fait sentir la vie, il faut que ces besoins
puissent être satisfaits, il faut que la souffrance cesse ;
bien plus, il faut que la nécessité soit douce et que cette
douleur, en s'éloignant, devienne jouissance. C'est seulement ainsi que l'instinct s'étend, que la pensée se com-
plique, qu'elle peut être comparative et capable d'actions
réfléchies, et combinées.

Pour qu'un homme soit homme, pour qu'il ait la
raison d'un homme, il faut qu'il puisse chaque jour
manger à sa faim ; et qu'il ait la certitude en travaillant
de manger encore le lendemain, sinon il n'aura qu'une
idée, celle de satisfaire son appétit. Avec cette pensée
unique, quel être intelligent, quelle créature sociable en
voulez-vous faire? Sans doute la faim éveille la volonté,
mais c'est la volonté de la brute, celle de manger; la
pensée ne s'étend qu'en changeant de but et lorsque la
faim est calmée. En d'autres termes, l'esprit ne s'asseoit
et ne tourne à la méditation que quand l'estomac ne crie
plus; aussi, voyez-vous dans toutes les parties de la terre
que les peuples les moins développés, sont ceux qui sont
le plus anciennement affamés.

Dans nos cités, où sont les grands hommes, les grands
poètes, les grands législateurs, les grands industriels, les
grands citoyens sortis des familles continuellement aux
prises avec le besoin grossier, ou le manque de pain et
d'abri? Dans ce dénuement habituel, où sont les élémens
d'une société progressive, d'une patrie? Où trouverez-
vous un corps gouvernable et surtout un principe gouvernant? Accorder le vote à un pauvre, c'est donner
deux vôtes à un riche, car quels que soient les droits de
ce pauvre, il n'en conservera aucun, il les vendra au premier qui les lui paiera; et cela sous peine de mourir de
faim.

En tout pays et sous tous les régimes, républicain ou

monarchique, l'homme qui n'a rien est de fait l'esclave
de celui qui a quelque chose; et moins aura le prolétaire,
ou plus la faim sera proche, moins il présentera de garantie à l'ensemble comme au voisin. Là où la grande
majorité ne possède point, il n'y a donc pas de liberté ni
de bon gouvernement possibles, et par conséquent pas de
stabilité, non-seulement dans l'administration, mais dans
la propriété ou dans l'édifice social dont elle est le principe et la base.

Le peuple qui n'édifie pas, ou en d'autres termes qui ne
travaille pas, devient naturellement destructeur, parce
qu'il reste dans l'enfance ou qu'il y retombe, si pour un
instant il en est sorti. L'enfant brise et ne reconstruit
pas. Or, celui qui ne peut rien garder, celui qui vit au
hasard, le mendiant, est le peuple enfant et pis que l'enfant; c'est le peuple retombé en enfance ou dont l'intelligence est décrépite.

C'est par le peuple imbécile que se font ces révolutions brutales, sans causes utiles, sans but moral, et dont
le pillage est la fin. Si la misère ne les entreprend pas
toutes, c'est elle qui, bien qu'elle n'en profite point,
les fonctionne et les accomplit. Partout ce sont ceux qui
n'ont rien qui sont les instrumens de ceux qui veulent
ce qu'ont les autres. Que chacun ait quelque chose, et
la majorité au lieu de songer à prendre ne songera qu'à
conserver; sans cette condition de possession et d'avenir,
point d'indépendance, pas même de vertu; non, il n'y
en a pas où la grande misère est en présence, je ne dis
pas de la grande richesse, mais de son mauvais emploi, parce que la richesse, si elle n'est pas vertueuse, ne
laissera rien à la misère, pas même sa moralité.

N'en concluons pas que la pauvreté qu'il ne faut pas
confondre avec la misère, soit partout sans vertu; où
tout le monde est pauvre on peut avoir les vertus de la
pauvreté; mais si le développement des facultés, le progrès de l'esprit et du raisonnement est à peu près impossible

pour le pauvre où il manque de l'indispensable, et si ces progrès sont encore bien difficiles là où il est réduit au nécessaire, c'est-à-dire où il vit un jour sans savoir s'il ne mourra pas le lendemain, il est évident que cette impossibilité, ou cette difficulté, ou cette préoccupation du malheureux, doit rejaillir sur le riche dont elle empoisonne les joies, décourage les études et paralyse les réflexions. Comment méditer paisiblement ou prendre gaiement son repas aux cris de la faim d'autrui, à l'aspect de ses tortures, aux émanations de ses plaies? Et tandis que nous détournons les yeux de sa souffrance, que nous fermons les oreilles au râle de son agonie, aveugles ou effrayés, quel chemin pouvons-nous faire? Ah! n'en doutons pas, ce qui arrête notre marche, ce qui nous empêche d'atteindre à cet équilibre social, à cet accord de bien-être qui fait la civilisation réelle, c'est ce bagage de malheureux que nous traînons; fardeau immense qui, s'il ne nous imprime pas un mouvement rétrograde, nous ralentit au moins de tout le poids d'un cadavre.

Pour empêcher qu'il ne nous emporte, pour nous sauver du précipice, et avec nous cette masse qui nous y pousse, au lieu de fermer les oreilles, ouvrons-les, au lieu de détourner les yeux, attachons-les sur la plaie, sondons-la, guérissons-la. Le mal est-il incurable, le retour à la santé est-il impossible? La misère a chez nous sans doute une immense réalité; mais n'a-t-elle pas aussi ses masques, ses hypocrites? N'a-t-elle pas ses superstitions et ses préjugés? Si de la vraie misère l'on défalque la misère factice, ou celle qui tient à l'imagination ou au simple vouloir, il en restera beaucoup encore; mais alors l'abîme semblera-t-il sans fonds? Il est malheureusement trop vrai que dans notre civilisation on voit des individus qui meurent de faim; mais les neuf dixièmes en meurent parce qu'ils ne veulent absolument rien faire pour n'en point mourir; et si, comme nous l'avons

fait observer, il faut si peu de chose pour résister à la
famine, pour n'en point être tué, pour vivre avec elle,
il faudrait peut-être moins encore pour la prévenir. Ce
point gagné, il n'y a qu'un pas pour arriver à l'aisance.
Mais pour faire ce pas, il est nécessaire que chacun le
veuille; il faut que tout le monde, se levant contre l'en-
nemi commun, fasse un effort de sa bourse et de sa
raison; il faut enfin adopter un régime et le suivre avec
constance et énergie.

Quel est ce régime?

Il se compose de plus d'un soin; nous en avons déjà
indiqué quelques-uns. Le premier, le plus efficace,
celui qui, en neutralisant le mal dans sa source, doit
conduire à la guérison, celui qui est le véritable antidote
de la misère est le travail d'où résulte la propriété,
comme de la propriété naissent l'ordre et la prévoyance.
Pour arriver à cet ordre, ce n'est pas assez, dans un
pays bien administré, d'exiger que chacun justifie de
ses moyens présens d'existence, c'est-à-dire de son état
et de son salaire, il faut encore qu'il justifie de son avenir,
il faut qu'il soit tenu de conserver, il faut qu'il possède.
Enfin quelqu'étrange ou hasardée que puisse paraître
cette proposition, si vous voulez repousser la misère du
sol, exigez que pour y obtenir son domicile légal, pour y
être considéré comme habitant et non comme passant ou
étranger, tout homme soit propriétaire; c'est-à-dire
qu'il prouve que lui ou sa famille possède quelque chose;
et pour cela, s'il n'a rien, donnez-lui quelque chose.

Nous avons dit qu'une des principales causes de la
pauvreté et la plus active peut-être, c'est l'aumône. Ici
le remède est facile: c'est de n'en plus faire. Mais comment donner sans faire l'aumône? C'est de donner une
chose qui vaille mieux qu'une aumône, quelque chose
qui reste uni à l'individu; quelque chose que la loi rende
inaliénable, qu'il ne puisse, s'il est possible, ni perdre
ni vendre; quelque chose enfin qui le rende co-partageant

de la terre où il vit. Il n'est pas un animal qui ne le soit;
pas un quadrupède, un oiseau, un insecte, un reptile qui
n'ait son terrier, son nid, sa ruche, bref, sa place sur ce
globe. L'homme seul, les neuf dixièmes des hommes,
n'y possèdent rien, pas même une toise de sable et un
trou pour leur sépulture.

Sans doute l'homme civilisé ne doit pas être attaché à
la glèbe; mais il est plus fâcheux peut-être qu'il n'y ait
rien de commun entre lui et cette glèbe qu'il appelle sa
mère, qu'il nomme sa patrie. De patrie il n'en a pas, car ce
n'est qu'à cette condition de possession qu'il peut en
avoir une; c'est ainsi qu'il ne sera plus en dehors, je ne
dis pas seulement de la civilisation, mais du droit commun qui veut que chacun ait sa part d'air, de terre et
d'eau. Je vous le répète : le plus sûr remède contre la misère
et la corruption, après le travail c'est la propriété, quelque
minime qu'elle soit. Il faut que tout individu faisant
partie d'une nation, que tout individu qui est porté sur le
registre de la cité ou du hameau, ait part à la fortune
publique, qu'il ait à lui une fraction de ce qui paie
l'impôt, là ou ailleurs.

Ce n'est pas la loi agraire ni le partage commun qu'on
demande ici; non, cela serait une faute et une injustice,
car on ne doit pas prendre ce qui appartient à un individu, même pour en enrichir dix. Il faudrait d'ailleurs
recommencer chaque année le partage ou la spoliation.
Mais nous n'aurons besoin de prendre à qui que ce soit.
Il suffit, vous, riches, qu'au lieu de jeter à l'oisiveté vous
donniez au labeur et ne donniez qu'à lui. Cent sous payés
à un travail fait ou à faire produisent plus de bien que
cent francs donnés à la pitié. Ces cent sous n'humilient
et ne démoralisent personne, ils rapportent à tous; tandis
que cent francs abandonnés au vice et à la paresse font
cent malheureux, peut-être cent coupables.

Remarquez qu'en s'occupant, le peuple acquiert non-
seulement par ce qu'il gagne, mais par ce qu'il ne dépense

pas. En travaillant ou seulement en étudiant, il donne
moins de temps au caprice, à la débauche; il conserve
ce qu'il a; et la propriété même la plus petite, en élevant
le cœur de celui qui se nomme propriétaire, l'empêche
d'abord de mendier et ensuite l'oblige à s'intéresser à
l'ordre public et à la prospérité de ce pays dont alors seulement il est citoyen.

Je ne limite pas d'ailleurs la propriété aux seuls im-
meubles; celui qui a un mobilier ou un atelier bien
garni des outils de sa profession, est à mes yeux propriétaire, et il viendra un temps où beaucoup ne pourront l'être qu'ainsi; mais ce jour est loin encore; et certainement sans nous ruiner, nous, possesseurs du sol,
et sans appauvrir davantage l'état, nous pourrons long-
temps faire de ces concessions de terrain. On sent bien
que ce n'est, ni une ferme, ni un contrat de rente que
je propose de donner à chaque famille de pauvres; ce
n'est pas pour les faire vivre sans travail que je demande
qu'ils possèdent, c'est pour leur attacher un titre, une
qualité, une base de l'avoir, et pour cela une verge de
terre suffit. Calculez donc si vous n'avez pas des ressources suffisantes pour créer des millions de ces propriétaires nominaux, qui ensuite par l'association ou
l'union dans l'œuvre pourront devenir des propriétaires
effectifs, c'est-à-dire des travailleurs aisés.

La matière manque-t-elle en France? Il n'est pas un seul
département où il n'y ait des landes, des marais, des
coteaux abandonnés aux chardons, aux mauvaises herbes.
Si nous donnions pour leur défrichement la moitié de ce
que nous cédons à la fainéantise, à la paresse, nous amé-
liorerions en même temps le terrain, le peuple et notre
avoir.

Ne savons-nous pas que le champ cultivé par vingt
hommes en nourrit cent. Quand nous le savons, quand
nous voyons ce que la masse perd au manque de bras
dans nos campagnes, pourquoi agissons-nous comme si

nous l'ignorions? Rendons au travail ce qui appartient au travail, au pauvre ce qui est au pauvre. Puisque pendant tant d'années, tant de siècles, notre inconséquence a créé ou maintenu la pauvreté du peuple, c'est aujourd'hui à notre raison, à notre humanité à venir au secours de ce peuple, ou en aide à nous-même, car si nous ne sommes pas peuple, nos enfans le seront. C'est par les efforts simultanés des bons citoyens, par la charité bien entendue des riches, par la réunion de toutes les sommes jetées sans discernement, de tous ces liards répandus sur la boue qui, sans la rendre fertile, la vicient, et sans nourrir la foule la corrompent; c'est par des dons raisonnés, c'est par l'emploi judicieux des terrains disponibles, ou en obligeant ceux qui les ont à les utiliser; c'est par des colonies intérieures, des fondations agricoles; c'est par une industrie adaptée à chaque localité et combinée sur les ressources et les dispositions de la population, que nous parviendrons à écarter du sol le désœuvrement, la mendicité et la misère.

Si de grands établissemens demandent trop de temps, trop d'argent, s'il est impossible de s'entendre dans les conseils généraux et municipaux, enfin si cette alliance de toutes les bourses est trop difficile, le même résultat peut être produit sur une plus petite échelle, par la bonne volonté de quelques uns. Ne peut-on pas s'associer par paroisse, par quartier, par maison? Ne peut-on agir seul? Que tout homme aumônier calcule la somme annuelle semée au hasard sur les inconnus, sur les vagabonds, qu'il la place sur une ou deux familles. Mais qu'il ne se contente pas de soulager la faim du jour, qu'il prévoie celle du lendemain, qu'il verse ses fonds en encouragement, en moralité, qu'il les répande avec calcul et prévision; qu'il ne dédaigne pas d'y joindre une parole d'avenir; qu'il se souvienne que la conviction trop absolue de sa misère et de l'impossibilité d'en sortir, est une des causes les plus directes de la dégradation du

peuple et que c'est ce mal qu'on doit d'abord traiter.
C'est l'espérance qu'il faut rendre au pauvre. Prodigue
de votre or, ne soyez pas avare de votre raisonnement :
un bon avis et un bon exemple valent souvent mieux
qu'une grosse somme.

Commençons par le principe de toute vertu, de toute
richesse, par l'instruction. C'est par elle seule qu'on peut
acquérir et conserver. Pour que le pauvre garde quelque
chose, il faut qu'il sache quelque chose, et, avant tout,
ce que valent les choses; et pour cela il faut qu'en les lui
donnant, nous le lui apprenions; il faut qu'il apprécie
comme nous leur valeur et celle du travail et de la conduite qui les procurent. Pour qu'il calcule, calculons nous-
mêmes, comptons avec lui; récompensons ses vertus, et
non ses vices, ses grimaces, ses plaies factices; donnons-
lui pour qu'il travaille et non parce qu'il nous trompe.

La prime à accorder d'abord doit être au bon vouloir,
à l'esprit de conduite et de prévoyance, qui doit ici
passer même avant le talent dénué de ces qualités. Disons à
l'ouvrier sage et laborieux que s'il a économisé deux francs
à la fin de sa semaine nous lui en donnerons trois , que
s'il lui reste trente francs au bout de l'année nous en ajou-
terons vingt. Tenons-lui parole et ne cédons pas s'il n'a
tenu la sienne. Imprévoyance ou inconduite , qu'il en
souffre les conséquences. S'il est incorrigible laissons-le
dans son entêtement ; dans sa misère incurable puisqu'il
n'en veut pas sortir, et allons secourir une autre famille,
un autre individu plus docile et plus intelligent.

Nos pairs, nos députés, peuvent aussi activement contribuer à écarter la misère en votant à propos des travaux d'utilité publique. On dira que c'est aux dépens
du contribuable; non, car ce qu'il aurait payé au mendiant il le paie au travailleur dont l'œuvre reste, et tout le
monde en profite. Seulement quand on vote les fonds,
veillez à ce que le désordre et l'intrigue n'en dévorent
pas une partie, et que le miel soit pour l'abeille et non
pour le frelon.

En outre des colonies agricoles, des secours à domicile et des travaux d'ensemble, chaque ville pourrait avoir à son compte une série d'ateliers, une manufacture, une maison de fabrication, une exploitation quelconque où l'on procurerait de l'ouvrage à tous ceux qui n'en trouveraient pas ailleurs; et ceci est d'obligation stricte, le bon sens le dit comme l'équité. Si la loi défend de vivre sans travailler, il faut bien qu'on puisse toujours vivre en travaillant, sinon la loi serait absurde. Que chacun puisse donc s'occuper utilement dès qu'il en a le besoin ou la volonté. Qu'il trouve du travail tous les jours, à tout instant. Qu'il y ait à cet effet un bureau ouvert où tout homme, en déclarant ce qu'il sait faire, ce que peut faire sa famille, obtienne immédiatement l'emploi de ses bras.

Le prix de la journée ou de chaque œuvre, fixé par des experts, appartiendrait à l'établissement. Quelque médiocre que soit un produit, il a son prix; et cette valeur serait pour la cité, l'Etat et la masse, un bénéfice, parce que l'Etat ou les citoyens, nous en avons dit la cause, nourrissent de fait la pauvreté oisive.

Une considération qui doit aussi déterminer l'adoption de ces ateliers ou de ces moyens de travail, c'est qu'ils retiendraient dans les villes les pauvres qui y ont leur domicile, et débarrasseraient les campagnes de ces troupes de vagabonds, tourbe menaçante qui impose l'aumône plutôt qu'elle ne la demande. Avec la paix et la sécurité, vous ramènerez ainsi aux champs les propriétaires, campagnards; et l'agriculture y gagnera comme l'industrie.

Si les villes ne voulaient ou ne pouvaient pas faire seules ces fondations, l'habitant des villages aurait encore profit à y concourir. Il réduirait ainsi à moitié, au quart peut-être, ses dépenses en dons dits volontaires ou autres tributs indirects, qui doublent ses impôts et qui, à la longue, le minent et l'énervent.

Ces ateliers établis, il n'y aurait plus de prétexte pour tolérer les mendians; tout individu valide qui continuerait à vaguer et à vouloir vivre sans travailler, serait arrêté et puni comme vagabond, c'est-à-dire enfermé pour un temps et contraint au travail, et après un certain nombre de récidives, envoyé dans une colonie fondée à cet effet dans un pays salubre; car il s'agirait moins ici de châtier un coupable, que de sauver un homme et peut-être une famille.

Quant aux infirmes, c'est un devoir partout de les nourrir, et c'est une honte dans notre civilisation de les voir encore dans les rues et aux portes étaler leurs souffrances pour obtenir la conservation d'un reste de vie. Prévenons leur prière, secourons-les chez eux; augmentons le nombre des hospices, rendons plus vastes ceux que nous avons, et ouvrons-en la porte à tous. Là pour ces vieillards même, pour ces estropiés, ayons des moyens d'occupation, des travaux qui ne soient pas incompatibles avec leur état. Manchots, boiteux, aveugles, ils peuvent être employés à quelqu'œuvre. Ce travail sera exigé moins pour le profit que vous en tirerez que pour le bien-être qui en résultera pour ceux qui y seront soumis; car ce qui pèse peut-être le plus aux non valides, c'est leur désœuvrement, leur inutilité; et vous maintiendrez ainsi le principe que nul ne doit vivre sans travailler.

Si à ces mesures les départemens où les municipalités ajoutaient celle d'avoir des médecins pour visiter, même dans les campagnes, les malades que n'auraient pu recevoir les hôpitaux ou qu'on ne pourrait y transporter, on éviterait encore bien des angoisses; surtout si des remèdes étaient délivrés gratuitement. Ce qui ruine les familles, même celles où il y a le plus d'ordre, ce sont les maladies. Non-seulement alors le travail cesse et par conséquent le salaire, mais les dépenses augmentent. Il faut donc que les secours pour les pauvres alités soient

partout prompts et fréquens. C'est une avance que toute
ville ne doit jamais hésiter à faire.

Ces médecins seraient chargés en même temps de si-
gnaler les faux malades, les faux infirmes ; et si chaque
maire dans les communes rurales, ou si, dans les villes,
des commissaires spéciaux étaient tenus de fournir annuellement l'état des vrais affligés, des individus réellement incapables de travailler, nos foires, nos marchés et
les abords des cités ne présenteraient plus ce luxe de
plaies inconnues partout ailleurs, et qui, tenant à l'art
d'exploiter la pitié, ne naissent et ne se perpétuent que
par l'encouragement qu'on lui donne.

Un point sur lequel on pourrait encore avec quelque
soin améliorer la situation du peuple, c'est le logement.
Nous apportons une attention louable d'ailleurs à la construction de nos écuries, de nos étables, de nos berge-
ries ; nous les mettons dans une exposition convenable;
nous veillons à ce qu'elles soient saines et aérées ; quant
aux habitations des êtres humains, de l'ouvrier, du
paysan, jamais nous n'y avons songé, peut-être parce
qu'il n'y a pas songé lui-même. Aussi, dans nos villes
comme dans nos campagnes, les pauvres sont logés moins
bien que les animaux, et entassés qu'ils sont dans des
trous infectes, on se demande comment ils ne meurent
pas tous de la peste ou du rachitisme.

Si l'humanité ne nous engage pas, nous propriétaires,
nous magistrats, nous gouvernans, à assainir ces cloaques,
que notre intérêt nous y contraigne. Ce que nous ne
faisons point par charité, faisons-le par peur ; car c'est
de là que sortent tous les miasmes putrides, toutes les
contagions, toutes les épidémies qui nous tuent, nous
et nos enfans, après nous avoir tué nos pères.

Puisque nous avons des lois sanitaires et des quaran-
taines, pourquoi ici l'autorité n'interviendrait-elle pas?
Pourquoi ne veillerait-elle pas à la construction, à la ré-
paration et à la tenue intérieure des maisons, et ne for-

cerait-elle pas ceux qui les louent, les bâtissent ou les réparent, à les purifier, à les aérer? L'air est à tout le monde : c'est bien la moindre chose que le pauvre en jouisse.

La possession de l'eau doit être également commune. Pourquoi le premier soin des magistrats n'est-il pas de la faire arriver partout, puisque la plus hideuse, la plus infecte de toutes les misères est celle d'en être privé. Si on n'en boit pas chez le pauvre, ou si on n'en boit que de mauvaise, c'est qu'il n'en a que de cette espèce. S'il n'en use jamais pour la propreté, c'est qu'il n'en a point en abondance, qu'il n'en trouve pas à sa portée; c'est que celle qu'il est obligé d'aller chercher au loin lui coûte par le transport et la perte de temps.

L'insalubrité du logis et le manque d'air et d'eau, peuvent donc justement être rangés parmi les causes de la misère du peuple. Elles peuvent contribuer aussi à son intempérance, à son dérangement moral. S'il ne reste pas à la maison, c'est que la tristesse et le méphitisme l'en chassent, c'est qu'il se trouve mieux dehors et au cabaret.

Nous avons déjà signalé la conduite et la sobriété comme l'une des causes premières de l'aisance. Les sociétés de tempérance instituées en Angleterre et en Amérique, contre l'usage des spiritueux, sont de fait dirigées contre la misère. Si les résultats n'ont point encore été complets, ils sont loin d'avoir été nuls, et ce serait un acheminement vers le bien, si l'on pouvait les populariser en France.

La liqueur a partout les mêmes effets: quand elle ne tue pas elle corrompt, elle démoralise. L'homme misérable est peu susceptible de grandes vertus; mais quand ses passions engourdies s'éveillent, capable de grands vices il l'est aussi de grands crimes. Les trois quarts des forfaits qui se commettent dans les pays européens, nous l'avons vu, sont les fruits de la misère ou de l'i-

vresse ; l'une est presque toujours la suite de l'autre ; la
misère accepte l'ivrognerie comme distraction, comme
moyen de s'étourdir, et l'ivrognerie, enlevant le nécessaire ou ce qu'exige le besoin réel, la faim, pousse au
crime. Hâtez-vous donc de ramener le peuple à la tempérance ; n'épargnez pour cela ni soins, ni démarches;
proposez des médailles, des primes aux artisans qui, pendant un certain nombre de semaines, n'auront point été
ivres ; faites qu'ils se surveillent entr'eux, qu'ils s'aver-
tissent et se réprimandent. Il y a peu à faire pour les y
amener, car cette censure réciproque existe déjà dans certaines corporations, dans quelques sociétés industrielles.

Plusieurs grandes manufactures ont un jury composé
d'ouvriers élus par leurs camarades. Ce tribunal juge
tous les faits d'inconduite, de paresse, d'ivrognerie, tous
les désordres dont les ouvriers se rendent coupables. Il
porte la sentence qui est sans appel ; il décide quelle est
la punition applicable, c'est ordinairement une amende
versée dans une bourse commune. Tâchez d'établir partout de ces assises contre le désordre et les mauvaises
mœurs.

Une précaution facile et que l'administration pourrait
prendre immédiatement, serait de diminuer le nombre
des débits de liquide, qui, partout ouverts sous les pas du
malheureux, sont une tentation toujours présente. S'il
n'y avait qu'un cabaret, au lieu de dix, par rue ou par
village, le passant songerait moins à boire, et le sou
destiné au pain de sa famille ne serait pas jeté dix fois
par jour sur le comptoir d'un bouge. On ne voit pas
d'ivrognes ou l'on en voit peu dans les communes où il
n'y a pas de cabarets, et ces communes sont ordinairement sans misère. Qu'on y ouvre un débit de boisson,
le mois suivant vous aurez des ivrognes, et avant un an
des mendians. — Éloignez donc la tentation des yeux du
pauvre, atténuez-la du moins ; ne tolérez de cabarets
que là où ils sont indispensables ; s'ils peuvent l'être

quelque part. Imposez les distilleries. Limitez-en les produits. Ne laissez débiter en détail les spiritueux qu'à un degré très-affaibli. Sans doute vous ne préviendrez pas ainsi tous les excès, mais certainement vous en diminuerez la fréquence.

Nous avons exposé les causes de la misère et indiqué les remèdes, nous les résumons ainsi :

Instruire le peuple ;

Étendre les moyens de travail par des établissemens agricoles dans les campagnes, par des ateliers toujours ouverts dans les villes ;

Empêcher l'aumône aux portes ou dans la rue en ne tolérant la mendicité sous aucun prétexte ;

Secourir les malheureux par des dons utiles et faits à propos, par des concessions de petits terrains, de meubles, d'outils, de métiers ; prendre des mesures pour empêcher leur aliénation ; exiger que tout habitant d'un pays soit propriétaire par lui ou sa famille de quelque chose tenant au sol ou à l'industrie ; qu'il ait un domicile, un état, s'il n'a un revenu ;

Avoir des colonies pour la déportation des mendians incorrigibles, et en général de tous les vagabonds étrangers ou indigènes ne voulant pas travailler, ou ne sachant pas posséder ;

Assainir la maison du pauvre, lui procurer l'air et l'eau, et en même temps les moyens de réduire ses dépenses de chauffage et d'éclairage ;

Multiplier les hôpitaux, avoir partout des salles d'asile pour les petits enfans, et des écoles gratuites pour les adolescens, écoles dans lesquelles ils apprendraient un métier ; avoir pour les jeunes filles des établissemens analogues ;

Établir des sociétés de tempérance ; restreindre le nombre des cabarets ; augmenter les droits sur les spiritueux, flétrir l'ivrognerie ;

Faciliter les associations de voisinage ; faire comprendre

aux ouvriers d'une fabrique, aux artisans d'une rue, qu'en se réunissant pour s'approvisionner ou prendre leurs repas en commun, ils économisent sur l'achat, sur le combustible, sur le temps, et gagnent sur la qualité; veiller à ce que les enfans ne soient pas employés trop jeunes à des travaux insalubres, ou au-dessus de leurs forces, et qui, en minant leur santé, arrêtent leur développement intellectuel.

Jusqu'au jour où ces mesures pourront être prises d'un accord unanime et favorisées par les lois de tous les états civilisés, se croiser par département, par arrondissement, par commune, par ville ou par village, contre la misère; en d'autres termes, se cotiser pour y soulager les indigens en leur fournissant du travail, et pour nourrir à domicile ou placer dans les hospices les vieillards et les infirmes.

Si la cotisation est insuffisante pour subvenir à toutes ces charges, si l'on ne peut pas attaquer la pauvreté de front et annuler d'un coup la mendicité; s'il n'est ni ville, ni commune, ni département, ni gouvernement même qui soit assez fort pour le faire, je demanderai que chaque individu le tente selon ses moyens; et ne soignât-il qu'un seul pauvre, qu'un seul enfant de pauvre, n'arrêtât-il les courses que d'un seul mendiant, il aura rendu un immense service au pays et à l'humanité, et probablement il aura dépensé moins qu'il n'eût fait en répandant au hasard des miettes de pain ou des poignées de liards qui, loin d'adoucir le mal et de le guérir, l'enveniment et l'étendent.

En résumé, c'est à toute personne aisée à prendre sous son patronage un ou deux ou trois malheureux qu'elle se chargera d'aider ou du moins de surveiller, de diriger et d'encourager au travail.

Et pour ceci, il est d'abord nécessaire de bien connaître la situation de chacun, et d'avoir dans les mairies l'état exact, non-seulement des invalides, mais de tous

6

les ménages ne pouvant pas vivre avec leurs seules ressources. C'est sur cette liste et d'après les indications du comité de bienfaisance, ou des curés des paroisses, que chaque famille riche irait choisir ses pauvres.

Il est sans doute en France beaucoup d'autres causes de misère, et par conséquent beaucoup d'autres moyens de guérison, car ici bas il n'y a aucun mal qui n'ait son palliatif, ni de poison à côté duquel ne soit l'antidote; mais nous avons assez profondément sondé la plaie pour pouvoir, dès ce moment, tenter le remède. Le ferons-nous? L'appliquerons-nous avec persévérance? Je ne sais. Cependant la chose presse, le mal s'étend, la fainéantise se recrute de tous les désordres qu'elle enfante, de tous les orphelins qu'elle fait. Elle a envahi la campagne, elle assiège les villes. Après avoir desséché la propriété, elle dévorera le propriétaire. Hâtons-nous donc.

La mendicité éteinte, la misère cessera. La corruption sera moindre. Il y aura moins de vices, moins de crimes, moins de troubles politiques. Moins souvent la paresse armée se couvrant du masque des révolutions, se lèvera pour dépouiller le travailleur. Alors, propriétaires et industriels, et seulement alors, votre héritage sera assuré à vos enfans; et vous pourrez dire qu'eux aussi ne seront pas des mendians.

Abbeville, le 16 novembre 1838.

J. BOUCHER DE PERTHES.